김
동
완

동양철학자이자 주역 연구가로, 고전을 오늘의 언어로 다시 읽는 작업을 이어가고 있다. 동국대학교에서 〈다산의 역 연구〉로 박사학위를 받고, 동대학에서 겸임교수로 재직하며 후학을 양성하고 있다. 한국사주명리학회 회장, 한국역학학회 회장, 한국브랜드네이밍학회 회장, 한국현대성명학회 회장, 현대주역학회 회장, 다산리더십연구학회 회장을 맡고 있다.

유재석, 이병헌을 비롯한 유명 연예인 및 각계 저명인사들의 2세 작명, tvN 〈유 퀴즈 온 더 블록〉, KBS 〈썸과 함께〉, EBS 클래스e 〈오천 년의 지혜 주역에서 리더십을 배우다〉 12회 강연 등 다양한 방송 출연과 기업, 기관 강연을 통해 인문 멘토이자 인생 멘토로서 활발히 활동 중이다.

지은 책으로는 《더 포춘(The Fortune)》, 《오십의 주역공부》, 《사주명리 인문학》, 《관상 심리학》, 《돈과 운을 부르는 색채 명리학》 등이 있다.

주역 필사

오늘의 태도로
내일을 읽는 시간

김동완 지음

양양하다

머리말

흔들리는 시대에
나를 바로 세우는 문장들

주역은 오래된 책입니다. 너무 오래되어서 오히려 우리와 멀어진 책이기도 합니다.

대개 주역을 떠올리면 어렵다는 말부터 나옵니다. 한자부터 알아야 할 것 같고, 배워야 이해할 수 있을 것 같고, 잘못 읽으면 안 될 것 같아 조금 부담스러운 고전으로 남아 있습니다.

하지만 주역은 본래 누군가를 가르치기 위해 만들어진 책이 아니라, 사람이 삶을 살아가며 마주하는 변화의 순간을 붙잡기 위해 태어난 책입니다.

세상은 늘 바뀌고, 사람의 마음도 늘 흔들립니다. 기다려야 할 때와 나아가야 할 때, 버려야 할 때와 물러나야 할 때, 말해야 할 때와 침묵해야 할 때, 주역은 이러한 갈림길에서 정답을 내놓기보다 지금의 형국이 어떠한지를 보여 줍니다. 지금은 때가 무르익지 않았는지, 조급해도 괜찮은지, 한 걸음 물러서는 편이 더 단단한 선택인지. 그리고 그 선택은 늘 읽는 사람의 몫으로 남겨 둡니다.

이 책은 주역 해설서가 아니라 주역 필사 노트입니다. 필사는 읽는 것과 다릅니다. 눈으로 이해하는 대신, 손으로 받아 적는 일입니다. 속도를 늦추고, 문장을 몸 안으로 들이는 방식입니다. 의미를 곱씹기보다 문장이 마음에 머무를 시간을 허락하는 방식입니다.

주역의 문장들은 짧고 단단하지만, 처음에는 뜻이 잘 잡히지 않을 수도 있습니다. 그러나 필사를 하다 보면 그 뜻이 또렷이 잡히지 않아도 마음 한 켠이 정리되는 순간이 늘어나게 될 것입니다.

이 책에서 우리는 주역을 완전히 이해하려 애쓰지 않아도 됩니다. 하루 한 줄, 지금의 나에게 걸리는 문장을 옮겨 적으면 충분합니다. 오늘은 기다림의 문장이, 내일은 나아감의 문장이, 어느 날은 스스로를 다잡는 문장이 조용히 손에 붙을지도 모릅니다.

이 필사가 당신의 하루를 조금 천천히 만들고, 결정 앞에서 한 번 더 숨을 고르게 하고, 흔들리는 순간에 "아, 지금은 이럴 때구나" 하고 자기 자신을 놓치지 않게 도와주기를 바랍니다.

주역은 여전히 어렵습니다. 하지만 필사는 어렵지 않습니다. 그저 한 줄을 쓰고, 그날의 나를 살피는 일입니다.

이 책이 주역과 당신 사이에 조용한 다리가 되기를 바랍니다.

— 김동완

2 사람 사이에서 배우는 법

세상은 홀로 설 수 없기에, 사람과 사람이 길을 만든다

3 무너짐과 회복, 변화와 균형을 찾아서

움직이는 것은 흩어짐이 아니라, 새로움으로 나아가는 길이다

4 버티는 힘에 대하여

세상을 바꾸기 전에, 마음의 결을 먼저 고른다

5 덜어내고 다시 세우는 시간

세상과 나의 거리를 재는 일, 그 안에서 조화를 찾는다

6 흔들림을 견디는 법

흔들림 속에서도 중심을 잃지 않는 마음이면 충분한다

7 다시 시작하는 마음

끝은 완성이 아니라, 다음 문을 여는 신호다

1

시작
앞에서

스스로를 세우고,
세상과 마주서는 힘을
배운다

길은 크게 열려 있고,
바르게 나아가는 것이 이롭다.

하늘의 도는
스스로 움직이며 멈추지 않는다.
그 끊임없는 리듬이 원형이정이다.

군자는 그 움직임을 본받아 행동하되,
늘 마음을 바르게 한다.

원(元)은 시작이자 근본이고,
형(亨)은 소통과 화합이며,
리(利)는 함께 이로워지는 길이고,
정(貞)은 끝까지 놓지 않는 바름이다.

삶도 이와 같다.
근본을 세우고, 흐름을 조화시키며,
이로움을 남기고, 바르게 마무리해야 한다.
그것이 하늘을 따르는 삶이다.

삶의 흐름 속에서 길을 잃지 않으려면 끝까지 바름을 지켜야 한다.

오늘의 사유   나는 지금 어떤 시작 위에 서 있는가.

나는 누군가와 조화를 이루며 흘러가고 있는가.

내가 지키고 싶은 '바름'은 어디에서 시작되는가.

天行健 君子以 自彊不息

하늘은 굳세게 움직이며 멈추지 않는다.
군자는 그 흐름을 따라 스스로를 놓지 않고 힘써 노력해야 한다.

하늘은
단 한순간도 쉬지 않는다.
계절이 바뀌고, 바람이 흐르고,
태양이 지고, 다시 떠오르는 모든 순간,
세상은 조금씩 앞으로 나아간다.

건(乾)은 말한다.
스스로를 단단히 세우고,
쉬지 않고 노력하여 그 힘을 가져야 한다고.
그것이 자강불식,
하늘의 움직임을 닮은 삶의 태도다.

오늘의 작은 걸음이
내일의 방향을 만든다.
꾸준함은 하늘의 덕이고,
지속은 성장의 또 다른 이름이다.

오늘 완벽하지 않았어도, 멈추지 않았다면 충분하다.

오늘의 사유   지금의 나를 잠시 멈추게 하는 것은 무엇인가.

군세게 움직이며 나아간다는 말은 내게 어떤 의미인가.

오늘, 멈추지 않고 지켜낸 것은 무엇인가.

길은 크게 열려 있으니,
부드러움과 바름으로 나아감이 이롭다.

땅은 스스로 드러나지 않지만
모든 것을 품어 길을 내어준다.

하늘이 시작을 연다면,
땅은 그 시작을 자라게 한다.
앞서려 하지 않고, 흐름을 거스르지 않으며,
바른 방향으로 오래 품어주는 힘,
그것이 곤(坤)의 도다.

곤은 말한다.
부드러움은 약함이 아니라
더 큰 힘을 담는 그릇이라고.

땅은 발자국을 남기되
그 흔적을 비난하지 않는다.
받아들이고, 정리하며,
모든 존재가 머물 자리를 만든다.
수용이 곧 성장의 밑바탕이 된다.

앞서지 않아도 괜찮다. 지금의 자리를 오래 품고 있다면 길은 이어진다.

오늘의 사유 나는 지금 무엇을 받아들이고 무엇을 밀어내고 있는가.
조금 늦어도 괜찮다고 스스로에게 허락해준 적이 있는가.
오늘, 내가 품어주었던 것은 무엇인가.

땅이 넓고 두터워 모든 것을 받아들이니,
군자는 후덕함으로 만물을 싣는다.

비워냄을 통해 채움을 만드니,
때로는 멈추고 기다리는 것이
가장 큰 움직임이 된다.

땅은 서두르지 않지만
어떤 만물도 외면하지 않는다.

모든 것은 조용한 품 안에서 자란다.
따르되 흔들리지 않고,
부드럽되 중심을 잃지 않는 것,
이것이 곤이 가르치는 길이다.

성장은 크게 뻗는 것만이 아니라
지속되는 힘을 갖추는 일이다.
머무름도, 기다림도 하나의 전진이다.

아무 일도 일어나지 않는 것 같지만, 지금은 기다림으로 채우는 중이다.

오늘의 사유   나는 지금 무엇을 품고 있는가.

나는 기다리는 미학을 아는가.

멈춤과 기다림은 나에게 어떤 의미인가.

어려움 속에서도 바르게 나아감이 이로우니
지금은 나아가기보다 현 위치에서 자신의 자리를 세워라.

둔(屯)은
싹이 막 트는 순간의 괘이다.
땅을 밀어 올리며
처음으로 세상과 만나는 찰나,
모든 시작은 힘들고 어렵다.

둔은 말한다.
난관은 실패의 신호가 아니라
새로운 흐름이 열리기 전의 자연스러운 진동이라고.

길이 보이지 않는 이유는
아직 길이 완전히 열리지 않았기 때문이다.
중요한 건 지금 당장의 순탄함이 아니라
방향을 잃지 않는 태도다.

조금 느려도 괜찮다.
흔들려도 괜찮다.
씨앗도 흔들리며 뿌리를 세우고 싹을 틔운다.

지금은 잘 안 풀리는 것처럼 보여도, 이미 시작점을 지나고 있다.

오늘의 사유 나는 지금 어떤 '처음의 혼란'을 지나고 있는가.

이 혼란이 어떤 시작의 일부일 수 있을까.

지금의 불안 속에서 내가 놓치지 않아야 할 것은 무엇인가.

앞이 막혀 보여도 그 속에 길이 있다.

막 솟아오른 새싹은
부딪히고 휘어지며 자리를 잡아간다.

둔(屯)은 이 불안정함을 두려워 말라고 한다.
흐트러짐은 시작의 일부이고,
시작은 완전하지 않다.

중요한 것은
'지금의 형태'가 아니라
'지속하는 의지'다.
속도를 내기보다 멈춤과 움직임을 오가며
나만의 리듬을 찾는 것이 중요하다.

앞이 보이지 않을 때야말로
내가 어디에 서 있는지 분명해진다.
혼란은 방향을 확인하게 하고,
어려움은 마음을 단단하게 만든다.

흔들림은 멈춤이 아니라 방향을 잡아가는 일이다.

오늘의 사유　나는 지금 어디에서 흔들리고 있는가.
　　　　　　　흔들림 속에서도 내가 놓지 않고 있는 것은 무엇인가.
　　　　　　　나만의 리듬을 찾을 수 있는 지점은 어디인가.

미숙함(어리석음)을 바르게 기르는 것이 성인이 되는 공부다.

몽(蒙)은 '어린 싹'의 상태다.
무지가 결함이 아니라
성장을 위한 자연스러운 출발점임을 말한다.

어린아이는
처음엔 아무것도 아는 것이 없고,
방향도 분명하지 않다.
모른다는 사실을 아는 순간,
비로소 배움이 시작된다.

집요하게 가르치려 하지 말고,
더 빨리 자라게 하지 않는다.
미숙함은 스스로 나아갈 힘을 품고 있고,
배움은 느린 반복 속에서 자란다.

스스로 향하는 길이 바로 서면
어둠 속에서도 길이 열린다.

배움은 속도가 아니라 방향이다.

오늘의 사유　나는 지금 어떤 미숙함을 받아들이고 있는가.
　　　　　　　지금 내가 '아직 모른다'고 느끼는 것은 무엇인가.
　　　　　　　나를 바르게 성장시키는 배움은 무엇인가.

미숙함(어리석음)**을 깨울 때는 분명한 기준이 필요하다.**
하지만 그것을 계속 쥐고 있으면 오히려 길이 막힌다.

어린나무는 바람에 흔들리며
몸을 세우는 법을 배운다.

몽(蒙)은 이 흔들림이
자유와 방종이 아니라고 한다.
적당한 규율은 성장의 필수 과정이며,
적당한 형식은 이해로 이어지는 문턱이다.

처음엔 질문도 서툴고 답도 쉽게 오지 않는다.
그러나 서툰 질문 속에서 점점 더 깊은 눈이 열린다.

몽은 완성이 아니라
시작과 탐색, 계속 배우려는 마음이다.
막혀 보이는 지점에서
새로운 길이 열리는 이유도 여기에 있다.

성장은 직선이 아니라
돌아가고 멈추고 흔들리며
점차 선명해지는 과정이다.

서툰 질문도 배움의 일부이다.

오늘의 사유 나는 지금 어떤 미숙함 앞에 서 있는가.

나를 키우기 위해 지금 필요한 규율은 무엇인가.

막혀 보이는 지점에서 내가 계속 배우고 싶은 것은 무엇인가.

수괘 | 需 有孚 光亨 貞吉 利涉大川

기다림은 믿음을 가지고 있어 빛나고 형통하며,
바름을 지키면 큰 내도 건널 수 있다.

수(需)는 하늘 위의 구름처럼
멈추어 있는 듯하지만,
끊임없이 흐르는 형상이다.

길은 막힌 듯 보여도 어디에나 존재한다.
멈춤은 머무는 것이 아니라
때를 모으는 과정이다.

수는 말한다.
때는 스스로 무르익으며,
성급함은 흐름을 거스른다고.

막혀 있던 물도 자연스레 흐르듯이
믿음을 갖고 준비하면
기다림 끝에 큰 내도 건널 수 있다.

기다림은 아무것도 하지 않는 시간이 아니라 내면을 다지는 시간이다.

오늘의 사유   나는 지금 무엇을 기다리고 있는가.
이 시간은 나를 어디로 데려가고 있는가.
지금 내 안에서 자라고 있는 것은 무엇인가.

**술과 음식(즐거움)을 두고도 바름을 굳게 지키고 길한 것은
중심(中)과 바름(正)을 얻었기 때문이다.**

물은 낮은 곳으로 향하고,
하늘은 높은 곳에 머문다.

수(需)의 형상은
서두르지 않는 자연의 모습을 닮아 있다.
움직일 때와 머물러야 할 때는
분명히 구분된다.
성급하게 발을 떼면 돌부리에 걸리고,
게을러 멈추면 흐름을 잃는다.

수는 말한다.
기다림은 수동이 아니라 능동이며,
혼란 속에서도 바른 자리를 지키는 것이라고.

조용히 숨을 고르고
시기가 오기를 기다릴 때,
길은 스스로 열리고
때가 되면 흐르기 시작한다.

서두르지 않고 중심을 지킬 때, 때는 스스로 문을 연다.

오늘의 사유   나는 지금 '때'를 어떻게 느끼고 있는가.

나는 제대로 준비하고 있는가.

움직임과 머묾의 균형은 내 삶에서 어떻게 작동하는가.

다툼에는 믿음이 있어도 막히고 두려운 때가 있으니,
중간에 멈추면 길하지만 끝까지 가면 흉하다.

큰 사람을 보는 것은 이로우나,
큰 내를 건너는 것은 이롭지 않다.

다툼은 삶의 일부다.
그러나 끝까지 밀어붙이면
결국 모두를 다치게 한다.

이기는 것보다 중요한 것은
관계를 지키고 바름을 잃지 않는 마음이다.

분쟁 앞에서는 지혜로운 중재자를 찾고,
끝까지 충돌하는 일은 피하는 편이 낫다.
때로는 한 발 물러서는 것이 진정한 승리다.

자존심보다 제자리를 먼저 찾을 때
그 자리에서 비로소 평화가 시작된다.

끝까지 가야만 이기는 것은 아니다. 멈출 줄 아는 선택이 관계를 지킨다.

오늘의 사유   나는 지금 무엇과 싸우고 있는가.

이 싸움은 정말 필요한가.

이기는 것과 옳은 것 중 무엇을 선택할 것인가.

하늘과 물이 어긋나게 가니,
군자는 이를 본받아 일을 시작하기 전에 먼저 헤아린다.

하늘은 위로 향하고
물은 아래로 흐른다.
서로 반대 방향으로 가니
다툼이 생긴다.

갈등의 뿌리는 대부분 시작에 있다.
친하다는 이름으로
명확히 하지 않은 약속,
제대로 나누지 못한 대화,
그것들이 시간이 지나 다툼이 된다.

문제가 생긴 뒤에
해결하려 하지 말고,
처음부터 헤아려 신중해야 한다.

처음에 조금 더 헤아렸다면, 다툼이 여기까지 오지 않았을지도 모른다.

오늘의 사유   나는 일을 시작할 때 충분히 헤아리고 있는가.

나는 관계 속에서 애매함을 그대로 두고 있지는 않은가.

지금의 갈등은 어디에서 시작되었는가.

바름을 지킬 줄 아는 사람이라면 길하고 허물이 없다

사(師)는 무리를 이끈다는 뜻으로,
군사이기도 스승이기도 하다.

많은 사람이 모이면
힘도 커지지만, 혼란도 함께 자란다.
중요한 건 '누가 앞에 서는가'가 아니라
'어떤 마음으로 서는가'이다.

사욕을 앞세우면 무리는 흩어지고,
바름을 앞세우면 혼란이 잦아든다.

큰 목소리가 아니라
흐트러진 마음을 모아
같은 방향으로 나아가게 하는 힘이 중요하다.

스스로 먼저 모범을 보인 자가
타인의 길을 밝힐 수 있다.
책임은 무게지만,
그 무게가 사람을 단단하게 만든다.

앞에 선다는 것은 먼저 책임을 지는 일이다.

오늘의 사유　나는 지금 어떤 책임을 지고 있는가.
　　　　　　　나는 누군가의 모범이 되고 있는가.
　　　　　　　내 마음의 기준은 흔들리지 않고 있는가.

사(師)는 무리이고 정(貞)은 바름이니,
올바름으로 대중을 이끌 수 있다면 가히 왕이 될 수 있다.

군사의 전쟁이나 스승의 가르침이나
가장 중요한 것은
대중 앞에 바름을 지키는 일이다.

나아갈 때와 멈출 때의 기준을 세우고,
감정이 아니라 원칙으로 움직일 때
군사로서의 권위와 스승으로서의 가르침이 산다.

강함은 소리보다 방향에서 나온다.
분명한 기준은
흐트러진 마음을 다시 정렬시키는 것이며,
그 정렬이 곧 앞으로의 길이 된다.

책임을 바로 세우면
삶은 스스로 질서를 찾는다.

사람을 움직이는 건 말이 아니라 바르고 분명한 기준이다.

오늘의 사유   나는 지금 어떤 기준으로 움직이고 있는가.
                나는 타인 앞에서 바름을 지키고 있는가.
                내 삶에서 다시 세워야 할 질서는 무엇인가.

나란히 함께하는 관계는 길하니,
순수한 마음으로 시작해 오래도록 바르게 해야 허물이 없다.

비(比)는 물이 땅으로 스며드는 모습이다.
사람도 그렇다.
마음이 흐르고, 의지가 향해,
서로에게 그 마음이 스며들 때
더 넓은 힘을 얻는다.

가까움은 억지로 붙잡는 것이 아니라
자연스럽게 흐르는 것이다.
진정한 연결은
비슷함보다 '함께하려는 마음'에서 생긴다.

누구와 함께하느냐는
내 삶의 방향을 바꾸고,
어떤 관계를 선택하느냐는
서로의 마음과 행동이 만든다.

좋은 만남은
삶을 지탱하는 매우 강력한 힘이다.

함께한다는 것은 서로에게 조용히 스며드는 일이다.

오늘의 사유   나는 지금 누구와 마음을 나누고 있는가.

나는 내 곁에 있는 사람에게 자연스럽게 스며들고 있는가.

내 관계를 지탱하는 나만의 기준은 무엇인가.

나란히 함께하는 관계라고 해서 모두 옳은 것은 아니다.

모든 친함이 길을 여는 것은 아니며,
모든 만남이 나를 살리는 것도 아니다.

비(比)는 가까움의 이로움을 말하지만
동시에 경계를 잊지 말라고 한다.

관계는 기운을 나눈다.
긍정적인 사람과 있으면
마음이 밝아지고,
반대로 부정적인 사람과 가까워지면
나도 모르게 마음이 흐려진다.

지금 당신이 가까이하는 그 마음은
당신을 앞으로 이끄는가?

함께할 사람을 분별하는 것은
인생에서 반드시 필요한
삶을 지키는 지혜다.

좋은 인연은 나를 더 나답게 만들고, 흔들린 마음을 다시 세워준다.

오늘의 사유 나는 지금 어떤 관계를 가까이하고 있는가.

그 관계는 나를 밝히고 있는가, 흐리게 하고 있는가.

관계를 계속 품는 선택이 나를 더 나답게 만드는가.

2

사람 사이에서
배우는 법

세상은 홀로 설 수 없기에,
사람과 사람이 길을 만든다

바람이 하늘 위를 지나가니,
군자는 이를 본받아 차분히 덕을 가꾼다.

크게 앞으로 나아가고 싶지만
아직 조건이 무르익지 않았을 때,
하늘 위를 가볍게 스치는 바람처럼
작은 것을 기른다는 마음으로 준비한다.

소축(小畜)은 말한다.
멈춘 것처럼 보여도
기운은 안에서 모이고 있다고.

조금씩 모인 작은 힘이
어느 순간 큰 결실을 맺는다.

지금의 작은 움직임은
준비가 익어가는 과정이다.
급하게 서두르지 말고
기운이 충분해질 때까지
작은 것부터 천천히 모으는 것이 이롭다.

지금은 크게 나아가기보다 작은 힘을 모으는 시간이다.

오늘의 사유　　나는 지금 어떤 힘을 모으고 있는가.

나는 작은 것의 소중함을 알고 있는가.

멈춤 속에서 내 안의 성장은 어떻게 자라고 있는가.

작게 모으는 과정이 결국 길을 연다.

소축(小畜)은 작은 축적의 괘다.
눈에 띄지 않는 진전,
금방은 드러나지 않는 변화,
천천히 쌓이는 기운을 말한다.

비가 오기 전
하늘이 조용히 먹구름을 몰고 오는 것처럼
큰 흐름은 사소한 변화에서 시작된다.
지금의 작은 시작이
내일의 큰 성장을 부른다.

서두르지 말고, 흐름을 길러라.
지금은 나아가기보다
작은 것부터 시작할 때다.

무리한 행동을 하면 흐름이 어긋나고,
신중히 모으면 길이 자연스럽게 열린다.
조용한 축적이
가장 강한 시작이 된다.

아직 눈에 띄지 않는다고 해도, 나는 분명히 쌓고 있는 중이다.

오늘의 사유   나는 작은 축적을 어떻게 대하고 있는가.

               작은 쌓임 속에서 내가 느끼는 감각은 무엇인가.

               멈춘 듯한 이 시간은 내 안에 무엇을 길러주고 있는가.

호랑이 꼬리를 밟아도 사람을 물지 않으니 형통하다.

이(履)는
호랑이 꼬리를 밟는 것처럼 위태로운 순간에도
겸손함과 신중함이
생명을 구한다고 말한다.
위험한 상황에서도
조심하고 예를 지켜야 하는 이유다.

함부로 행동하지 말고,
상대를 존중하며 나아가라.
위기는 기회가 되기도 하지만,
그것은 오직 올바르게 행할 때뿐이다.

조심스럽게 걸어나가되
두려워하지 마라.
조심스럽다는 것은
움츠림이 아니라 부드러움이다.

위험한 길에서도 바른 태도를 잃지 않으면 나아갈 수 있다.

오늘의 사유   나는 지금 어떤 걸음을 걷고 있는가.

이 걸음에는 존중과 신중함이 함께 있는가.

이 길에서 조심스러운 마음과 겸손함을 잃지는 않았는가.

위는 하늘이고 아래는 연못이니, 군자가 이를 본받아
상하를 분별하면 백성의 마음은 흔들리지 않는다.

하늘은 위에 있고
연못은 아래에 있다.
각자의 자리가 명확하다.

사회에도 질서가 필요하다.
각자 역할을 분명히 하여
책임을 다하고,
제자리를 지킬 때,
조화는 자연스럽게 이루어진다.

질서는 억압이 아니라
공존을 위한 약속이다.

각자의 자리를 아는 일은 서로를 존중하는 방식이며,

질서는 그 존중 위에서 비로소 힘을 갖는다.

오늘의 사유 나는 지금 내가 서 있는 자리를 알고 있는가.

이 자리에서 내가 맡고 있는 역할은 무엇인가.

질서와 자유 사이에서 나는 어떤 균형을 잡고 있는가.

크게 소통함이니
작은 것은 가고 큰 것이 오니 길하고 형통하다.

하늘과 땅이 교류하니 만물이 생겨난다.
작은 것을 내어주고 큰 것을 받으니
이것이 크게 소통함의 이치다.

위아래가 서로 통하고,
안과 밖이 조화를 이루며,
주고받음이 자연스러울 때,
태평성대가 온다.

지금이 바로 그런 때다.
크게 포용하고,
크게 소통하는 일은
우연이 아니다.
작지만 정성을 보일 때
마음이 열리고 결실을 맺는다.

내가 먼저 내민 작은 마음이 큰 흐름을 만든다.

오늘의 사유   나는 지금 평안한가.

작은 정성이라도 먼저 내어주는가.

요즘 내 삶에서 자연스럽게 통하고 있는 것은 무엇인가.

하늘과 땅이 교류하니, 임금은 이를 본받아
하늘과 땅의 도를 이루고 천지의 마땅함을 보좌하고
백성들의 삶을 돕는다.

하늘의 기운은 내려오고,
땅의 기운은 올라간다.
이처럼 하늘과 땅이 교류하고,
음과 양이 조화로우니
두 기운이 만나 생명이 탄생하고,
세상의 모든 것들이 무성하게 자라난다.

리더는
하늘과 땅이 소통하여 조화를 이룸을 본받아
위와 아래를 연결하고,
자연의 이치를 돕는다.

인위적으로 무언가를 만들기보다
이미 흐르고 있는 길을 도울 때
자연스럽게 조화를 이루며,
이것이 진정한 통치다.

세상을 바꾸는 힘은 앞장서는 것보다 잘 흐르게 두는 데 있다.

오늘의 사유　　나는 지금 조화를 만들고 있는가.

흐름을 앞서 끌고 가기보다 돕고 있는 일이 있는가.

요즘 내가 존중하고 싶은 자연스러움은 무엇인가.

막힘의 때니, 사람다움이 흐려진다. 군자가 애써
바르게 하려 해도 큰 것은 멀어지고 작은 것만 남는다.

비(否)는 하늘은 위로 오르고
땅은 아래로 내려가는 형상이다.
두 기운이 만나지 못해
하늘과 땅이 서로 닿지 않는다.

소통은 막히고,
관계는 단절된다.

각자 살아남으려는 마음이
이익만을 추구하면
군자도 뜻을 펼치기 어렵다.
이런 때에는 큰 것은 떠나고
작은 것만 남는다.

이익만을 쫓지 말고
막힌 곳을 바라보며 상대의 마음을 인정할 때
닫혀 있던 길이 조금씩 열리기 시작한다.

상대의 마음을 인정하는 순간, 막혀 있던 관계가 다시 흐르기 시작한다.

오늘의 사유   나는 지금 어떤 막힘 속에 서 있는가.

이 상황에서 나는 함께할 여지를 남겨두고 있는가.

흐름이 막혀 있을 때에도 내면의 중심을 지키고 있는가.

하늘과 땅이 사귀지 않으니, 군자는 이를 본받아
덕을 낮추고 몸을 숨기며, 녹으로 영화를 누려서는 안 된다.

하늘은 하늘의 길로 가고,
땅은 땅의 길로 간다.
서로 닿지 않을 때,
소통은 끊기고, 각자의 이익만 남는다.

검소하게 살지 않으면
드러난 화려함이 오히려 위험이 된다.
군자는 덕을 안으로 감추며,
몸을 낮추어 어려움을 피해 간다.

욕심을 드러내기보다
검소함으로 자신을 지키고,
때를 기다릴 줄 아는 지혜가 필요하다.
함께 살아갈 수 있는 길을
마음속에서 놓지 않아야 한다.

조용히 덜어내는 삶이 위태롭고 불안한 시간을 건너게 한다.

오늘의 사유　나는 지금 무엇을 내려놓아야 할 시기인가.
　　　　　　　검소함이라는 태도가 내 삶을 지켜준 적이 있는가.
　　　　　　　함께 살아가는 마음을 놓치고 있지는 않는가.

**들에서 사람들과 함께하니 형통하고, 큰 내를 건넘이 이롭다.
군자가 바름이 이롭다.**

함께한다는 것은
사람의 마음을 모으는 일이다.

사사로운 이익이 아니라
공공의 이익을 위해
넓은 들판에 사람들이 모이니
이것이 진정한 인류애다.

편견 없이, 사심 없이,
같은 곳을 바라보는 이들과 함께할 때
비로소 마음이 열린다.

열린 사람일수록 세상을 넓게 만들고
더불어 살기 위한 마음이 모일 때
큰일도 해낼 수 있다.

공정함과 정의가 있는 곳에서
자연스러운 연대가 자라난다.

함께 간다는 건 이익보다 방향을 먼저 나누는 일이다.

오늘의 사유   나는 지금 누구와 함께하고 있는가.

내가 바라보는 방향은 공정한가.

내가 이루는 관계는 서로를 더 넓게 만들고 있는가.

하늘과 불이 함께하니, 군자는 이를 본받아
무리와 함께하되 구분은 분명히 한다.

태양이 있어 하늘이 밝다.
각자의 성질은 다르지만
같은 방향을 지향한다.

군자는 사람들을 모으되,
각자의 재능과 특성을 파악하여
어울리는 자리에 배치한다.

모두가 같을 수는 없다.
차이를 지우기보다
차이가 어긋나지 않게 돕는 일,
그 분별 속에서 공정과 공평이 자리를 잡고,
이를 인정하고 잘 활용하는 것,
그것이 진정한 리더십이다.

차이를 지우지 않을 때 연대는 더 오래간다.

오늘의 사유   나는 지금 사람들의 차이를 어떻게 바라보고 있는가.
나와 다른 결의 사람을 내 기준 안에 두려고 하지는 않는가.
다양성 속에서 조화를 만들며 함께하는 세상을 꿈꾸는가?

크게 채워진 때니, 으뜸으로 형통하다.

대유(大有)는
하늘 위에 태양이 크게 빛나는 형상이다.

재물, 권력, 명예, 인맥 등
많이 가졌다는 것은 축복이자 책임이다.
그러나 무엇을 가졌든,
그것을 어떻게 쓰느냐가 더 중요하다.
독차지하면 부패하고, 나누면 번영한다.

하늘 아래 태양은
특정한 곳만 비추지 않는다.
빛은 숨을수록 찾아지고,
나눌수록 멀리 퍼져나간다.
큰 것을 가진 사람에게
큰 덕이 필요한 이유다.

풍요는 소유가 아니니,
나를 드러내기 위한 자랑이 아니라
세상을 따뜻하게 하는 등불로 사용해야 한다.

가진 것이 많을수록 태도는 더 중요하다.

오늘의 사유　나는 지금 무엇을 가지고 있는가.

　　　　　이것들을 어디에 어떻게 사용하고 있는가.

　　　　　나눔과 소유 사이에서 나는 어떤 태도를 선택하고 있는가.

불이 하늘 위에 있으니, 군자는 이를 본받아
악을 막고 선을 드러내며, 하늘의 아름다운 명을 따른다.

태양이 하늘 높이 떠서
모든 것을 비춘다.
밝음 앞에서는 어둠이 숨을 수 없다.

군자는 자신의 영향력을 살펴
불의를 막고 정의를 세운다.

권력은 억압의 도구가 아니라
선을 실현하는 힘이며,
리더는 하늘의 뜻을 따라
선을 행하는 자다.

앞에 설수록 마음은 더 낮아져야 하고,

가진 힘은 선을 지키는 데 쓰일 때 더욱 빛난다.

오늘의 사유　나는 지금 내가 가진 영향력을 어떻게 쓰고 있는가.

불의 앞에서 침묵하고 있지는 않은가.

요즘의 나는 빛에 가까운가, 그늘에 머물고 있는가.

겸손하니 형통하고, 군자는 끝마침이 있다.

높은 것이 스스로를 낮추는 것,
이것이 겸(謙)의 모습이다.

겸손은 약함이 아니라 강함이고,
비움이 아니라 채움이다.
겸손은 자신을 작게 만드는 것이 아니고,
마음의 그릇을 넓히는 일이다.

자신을 낮추는 자를 하늘이 높이고,
끝까지 겸손한 자가 완성에 이른다.

교만은 파멸의 시작이고,
겸손은 성공의 비결이다.

겸손은 스스로를 낮추되 끝까지 단단하게 지키는 것이다.

오늘의 사유 나는 어떤 순간에 나를 앞세우고 있는가.

내 안의 교만은 어떤 모습으로 나타나고 있는가.

낮아질수록 마음이 가벼워지는 경험을 하고 있는가.

땅 가운데 산이 있으니,
군자는 이를 본받아 많은 것을 덜어 적은 것을 보태며,
물건을 헤아려 고르게 베푼다.

산은 높지만 땅속에 감춰져 있다.
겉으로는 낮아 보이지만
땅속에는 든든한 중심이 있다.

겸손한 사람은 자신을 높이지 않고,
행동으로 깊이를 드러낸다.

군자는 이를 본받아
많은 곳에서 덜어 적은 곳에 보탠다.
부의 재분배, 기회의 균등,
이것이 진정한 정의다.
가진 자가 겸손할 때, 사회는 평화롭다.

강한 것은 채움이 아니라
나눌 때 더욱 강력해진다.
그것이 리더의 책임이다.

진짜 강함은 드러내는 힘이 아니라,

가진 만큼 덜어 균형을 지키려는 마음에서 나온다.

오늘의 사유   나는 지금 무엇을 더 많이 가지고 있는가.

그 많음이 다른 누군가의 적음 위에 놓여 있지는 않은가.

삶에서 겸손과 나눔으로 균형을 만들고 있는가.

기쁨이 무르익었으니
제후를 세우고 군대를 일으킴이 이롭다.

예(豫)는
천둥이 땅 위에서 울리는 형상이다.
긴 가뭄 끝에 들려오는 비 소식처럼
생기가 넘치니,
기쁘게 움직일 때다.

즐거움과 기쁨이 커질수록
사람들의 마음이 하나로 모인다.
이때가 바로 큰일을 시작할 때다.
조직을 만들고, 일을 준비하며
목표를 정해야 한다.

새로운 시작을 기쁘게 준비할 때
불가능한 것도 가능해진다.
지금의 열정은 행동으로 옮길 때 완성된다.

지금의 즐거움은 나를 움직이게 하는 신호다.

오늘의 사유   나는 지금 무엇에 마음이 움직이고 있는가.
이 에너지를 어디에 쓸 것인가.
즐거움을 행동으로 옮길 준비가 되어 있는가.

**우레가 땅에서 나와 떨치니, 선왕은 이를 본받아
음악을 만들고 덕을 높여 상제에게 성대히 바친다.**

봄 우레가 대지를 깨워
생명이 약동하고 기쁨이 넘친다.
준비를 통해 사람을 모으고
흐름을 하나로 모으는 시기다.

선왕은 이 기쁨을 음악으로 표현하고,
하늘에 감사를 올린다.
기쁨은 나눌 때 배가 되고,
감사는 표현할 때 완성된다.

함께 노래하고,
함께 즐겨라.
다가올 미래를 맞이하라.
그것이 문화를 만든다.

기쁨은 혼자 간직할 때보다 함께 나눌 때 오래 남는다.

오늘의 사유   나는 요즘 기쁨을 나누고 있는가.

일상에서 감사한 마음을 표현하고 있는가.

내 삶에 함께 웃고 기쁨을 나누는 축제가 있는가.

3

무너짐과 회복,
변화와 균형을
찾아서

움직이는 것은 흩어짐이 아니라,
새로움으로 나아가는 길이다

잘 따르면 크게 형통하고, 바름을 지키면 허물이 없다.

수(隨)는
천둥 위에 연못과 먹구름을 상징한다.
먹구름과 천둥번개가 함께 있으니
곧 비가 내리칠 것이다.
예(豫)에서 기쁘게 준비한 것을
순리에 따라 시작해 본다.

때로는 따르는 것이
이끄는 것보다 어렵다.
준비한 것을 억지로 바꾸려 하지 말고,
옳은 방향으로 자신을 조율하며,
능동적으로 따를 때
새로운 길이 열린다.

기쁘게 올바른 것을 따르는 것,
그것이 진정한 용기다.

진짜 용기는 앞서려 애쓰기보다,

옳은 방향을 기쁘게 따르며, 나를 조율하는 데서 시작된다.

오늘의 사유   나는 지금 무엇을 따르고 있는가.

내가 조율해야 할 마음의 속도는 무엇인가.

준비한 것을 어떻게 실천하고 있는가.

못 가운데 우레가 있으니,
군자는 이를 본받아 어두워지면 들어가 편히 쉰다.

먹구름 속에서 우레가 번쩍인다.
곧 비가 쏟아질 것이다.
이럴 때는 비를 피해
잠시 안으로 들어가 몸을 쉬게 한다.

군자도 그러하다.
낮에는 움직이고, 밤에는 멈춘다.
일할 때는 일하고, 쉴 때는 온전히 쉰다.

자연의 리듬을 따르는 것,
무리하지 않는 것,
그것이 건강한 삶이다.

쉬어갈 줄 아는 태도가 오래가는 힘이 된다.

오늘의 사유   나는 요즘 제대로 쉬고 있는가.

일과 휴식의 균형을 잘 지키고 있는가.

삶에서 자연의 리듬을 존중하고 있는가.

蠱 元亨 利涉大川 先甲三日 後甲三日

부정부패를 바로잡는 일이 형통하니,
큰 내를 건너는 것이 이롭다. 시작하기 전 사흘을 살피고,
마친 뒤에도 사흘을 돌아보아야 한다.

고(蠱)는 그릇 안에
벌레(부정부패)가 가득한 형상이다.

부정부패를 개혁한다는 마음가짐으로
문제를 피하지 말고, 정면으로 마주하여
선제적으로 바로잡아야 한다.

쉽지 않지만, 반드시 해야 한다.
오래된 부패, 누적된 문제를 방치하면
반드시 대가를 치른다.

시작 전에는 충분히 살피고,
끝난 뒤에도 다시 점검해야 한다.
개혁은 용기와 지혜를 모두 요구한다.

지금 손대지 않으면, 문제는 스스로 사라지지 않는다.

오늘의 사유　나는 지금 무엇을 바로잡아야 하는가.
　　　　　　　지금 시작하지 않으면 더 어려워질 일은 무엇인가.
　　　　　　　변화를 시작할 용기가 있는가.

산 아래 바람이 있으니,
군자는 이를 본받아 백성을 일으키고 덕을 기른다.

바람이 멈추면
공기가 썩는다.
산 아래에서 바람이 불 때
공기가 순환되고 맑아진다.

군자는 사람을 일깨워
활력을 불어넣고,
스스로의 덕 또한 갈고 닦는다.

부정부패를 깨는 힘은
외부의 충격이 아니라
내부의 각성이다.

가르치고, 기르고,
함께 성장하는 것,
그것이 고(蠱)를 넘어서는 길이다.

스스로를 일으킬 때 주변도 함께 움직이기 시작한다.

오늘의 사유   나는 지금 스스로를 계발하고 있는가.
내 태도는 주변에 어떤 영향을 주고 있는가.
내 삶은 정체된 곳 없이 움직이고 있는가.

다가감이니 크게 형통하고 바름이 이롭다.
다만 팔월에 이르면 흉함이 있다.

임(臨)은 쏟아져 내린 빗물이
땅속으로 스며드는 형상이다.
지금은 만물이 땅의 수분을 머금어
크게 성장할 시기다.

다가간다는 것은
기회가 왔을 때 적극적으로 움직이는 일이다.
그러나 그 흐름이 영원하지 않음을 알아야 한다.

좋은 때도 지나간다.
가까이 있는 것을 살펴
눈앞의 관계부터 시작하라.
지금의 성장으로 미래를 대비하라.

절정은 쇠퇴의 시작이다.
겸손하고 신중해야 한다.

좋은 때는 지나간다는 사실을 아는 사람이 오래간다.

오늘의 사유 나는 지금 어떤 기회 앞에 서 있는가.
이 기회가 영원할 것이라 착각하고 있지는 않은가.
다가가는 마음일 때 지켜야 할 태도는 무엇인가.

임괘 | 澤上有地 臨 君子以敎思无窮 容保民无疆

**연못 위에 땅이 있으니,
군자는 이를 본받아 가르치고 생각함을 멈추지 않고,
백성을 품고 지키는 데에도 끝을 두지 않는다.**

땅이 연못을 포용하고 있고,
높은 곳에서 낮은 곳을 살핀다.

군자는 이를 본받아
끊임없이 가르치고,
끝없이 보살핀다.
교육과 돌봄에는 한계가 없다.

이와 같이 리더의 책임은
앞에 설 때뿐 아니라,
함께하는 동안 끝없이 계속된다.

가르침은 거리를 좁히는 일이고, 포용은 끝까지 책임지는 마음이다.

오늘의 사유　나는 지금 누구를 돌보고 있는가.
　　　　　　　나는 가르침과 배려에 진심인가.
　　　　　　　내 책임을 회피하고 있지는 않은가.

제사에서 손을 씻고
아직 희생을 올리지 않은 상태라도
진심이 있으면 자연히 우러러보게 된다.

관(觀)은
관찰하고 보는 것,
표면이 아니라 본질을 보는 것이다.
형식보다 진심이 중요함을 말한다.

제사의 시작인 손 씻음,
그 정성스러운 마음가짐이
제물보다 중요하다.

보여주는 것보다
준비하는 진심의 시간,
서두르지 않는 태도,
마음의 진정성이 있으면
형식은 자연스럽게 따라온다.

형식은 늦어도 되지만, 마음은 먼저여야 한다.

오늘의 사유   나는 지금 무엇을 보고 있는가.

내가 하고 있는 일에서 형식에 갇혀 있는 것은 없는가.

내 태도에 진심을 다하고 있는가.

바람이 땅 위를 가니,
선왕은 이를 본받아 세상을 살피고
백성의 삶을 관찰하여 그에 맞게 베푼다.

바람은 땅 위를 두루 지난다.
선왕도 바람처럼
지방 방방곡곡을 돌며
백성의 삶을 관찰하고,
그에 맞는 교육을 베푼다.

현장을 보지 않고는
진실을 알 수 없다.

진정한 리더는
발로 뛰며 배우고,
눈으로 보며 이해한다.

멀리서 판단하기보다 가까이에서 보고 듣는 일이 먼저다.

___

오늘의 사유   나는 지금 어디를 직접 보고 있는가.
멀리서 판단하며 놓치고 있는 것은 없는가.
사람들의 삶에 가까이 다가가고 있는가.

깨물어 합함이니 형통하다.
옥을 씀이 이롭다.

서합(噬嗑)은 입속에
무언가가 끼어 있는 형상이다.

입안에 장애물이 있으면
깨물어 제거해야 한다.
입안의 장애물은 뒷담화, 거짓,
사기, 부정 등으로 해석할 수 있다.
이런 것들을 방치하면
관계도, 질서도 무너진다.

관용이 아니라 단호함이 필요할 때가 있다.
불의를 방치하면 정의가 무너진다.

지금은 법과 질서를 세우는 때다.
명확한 기준과 공정한 처벌,
그것이 사회를 지킨다.

불의를 모른 척하는 관용보다

명확한 기준 아래 단호한 태도가 세상을 지킨다.

오늘의 사유   지금 하고 있는 일에 명확한 원칙을 가지고 있는가.

누군가를 험담하거나 이용하지는 않는가.

지켜야 할 원칙을 행동으로 옮기고 있는가.

우레와 번개가 맞물리니,
선왕은 이를 본받아 형벌을 밝히고 법을 바로잡는다.

우레가 치고
번개가 번쩍인다.
잘못된 것을 바로잡는 것은
때로 하늘의 우레와 번개처럼 소란하다.

선왕은 법을 명확히 하고,
벌을 사사로이 쓰지 않으며,
두려움이 아니라 공정함으로
질서를 세워야 한다.

법은 약자를
보호하는 방패여야 한다.

법은 강자를 위한 칼이 아니라 약자를 위한 울타리다.

오늘의 사유   나는 지금 어떤 기준으로 판단하고 있는가.
                     이 판단은 누구를 보호하고 있는가.
                     내 행동에서 원칙을 지키는 것이 드러나는가.

꾸밈은 필요하되 멀리 가지 말고,
조금만 나아가는 것이 이롭다.

비(賁)는
산 아래 불이 있는 형상이다.

꾸미고 장식하는 것,
아름다움도 필요하지만,
이유가 있을 때
그에 맞게 꾸며야 한다.

아름다움은
마음의 진실함이 있어야 하며,
본질을 잃지 않는 선에서
적절히 꾸밀 때 자연스럽게 빛난다.

내용 없는 형식은 공허하고,
형식 없는 내용은 거칠다.
겉과 속이 조화를 이룰 때
아름다움은 힘이 된다.

아름다움은 더하는 데서가 아니라 지키는 데서 완성된다.

오늘의 사유 나는 지금 무엇을 드러내고 있는가.

그 꾸밈은 본질을 살리고 있는가.

겉과 속이 조화를 이루며 균형을 맞추고 있는가.

산 아래 불이 있으니,
군자는 이를 본받아 여러 정사를 밝히되,
감히 옥사를 판결하지는 않는다.

산 아래에서
불이 타오르면
마을에는 삶의 온기가 번져
사람 사는 세상이 된다.

마을 사람들이
태평성대일 때는
군자는 정치를 밝히되,
중대한 판결은 신중히 해야 한다.

비(賁)는 말한다.
드러낼 것은 분명히 드러내되.
장식과 본질을 구분하고,
중요한 것에 집중하라고.

백성은 자기 할 일을 하고 있으니
군자도 자기 할 일을 다해야 한다.

밝혀야 할 일과 물러서야 할 일을 구분하는 것, 그것이 리더의 감각이다.

오늘의 사유　나는 지금 내가 할 일에 집중하고 있는가.

리더로서 권위로 해결하려 하며 놓치고 있는 것은 없는가.

내 역할에 끝까지 책임지고 있는가.

깎여 나가는 때에는 나아가는 것이 이롭지 않다.

깎여져 나가고,
손해가 이어질 때는
조심하고 안정해야 한다.

함부로 행동하고,
모험을 하면
군자도 이롭지 않다.

현실을 지키면서
때를 기다려라.
아직은 나아갈 때가 아니다.

지금은 움직일 때가 아니라 나를 지키며 버틸 때다.

오늘의 사유 나는 지금 무엇을 잃고 있는가.
이 시기에도 끝까지 지켜야 할 본질은 무엇인가.
내 삶에서 잠시 멈춰야 할 지점은 어디인가.

산이 땅에 붙어 있으니,
윗사람은 이를 본받아 아랫사람을 두텁게 하여
집을 편안히 한다.

산은 본래 땅 위에 솟아 있는데
그 산이 무너져 땅에 붙으면
위가 흔들리고 있다는 신호다.

위가 무너지려 할 때는
위에 힘을 더하지 말고,
아래를 두텁게 해야 한다.

기반을 튼튼히 하고,
백성을 두텁게 대하며,
근본을 지켜야 한다.

위기의 시대,
백성이 살아야 나라가 산다.

무너질수록 아래를 먼저 살펴야 한다.

오늘의 사유 나는 지금 무너질 때를 대비하고 있는가.
위기 속에서도 지켜야 할 것은 무엇인가.
내가 책임져야 할 사람을 제대로 돌보고 있는가.

제자리로 돌아옴이니 형통하다.
나가고 들어옴에 병이 없고, 벗이 와도 허물이 없다.

복(復)은
땅속에서 양의 기운이
다시 올라오는 형상이다.

가장 어두운 시간이 지나가고
희미한 빛이 조용히 돌아오는 때,
이 기운은 새로운 순환을 시작한다.

자연의 순환, 그것이 희망이다.
복은 되돌아가는 것이 아니라 되찾는 일이다.
멈추었던 길이 다시 이어지는 순간,
새로운 시작이 열린다.

때가 바뀌었으니,
이제 나아가도 좋다.
돌아옴은 회복의 첫걸음이다.

회복은 언제나 조용히 시작된다.

오늘의 사유   나는 지금 돌아갈 곳을 알고 있는가.
지금 내 안에서 움직이기 시작하는 것은 무엇인가.
이 회복을 어떻게 다음 걸음으로 이어갈 것인가.

우레가 땅속에 있으니, 선왕은 동짓날 관문을 닫고,
상인과 나그네가 다니지 않게 하며,
임금도 밖에 나서지 않는다.

우레가 아직 땅속에 있다.
무언가가 시작되기 전의 고요한 시간이다.

어떤 일이 생길지 모른다.
지금은 움직이기보다
모든 활동을 멈추고 쉬어야 할 때다.
회복을 위해서는 잠시 멈춤이 필요하다.

무리하게 일하지 말고,
충분히 쉬며,
기운이 다시 차오르기를 기다려라.

잠시 쉬어 가는 선택이 회복을 앞당긴다.

오늘의 사유　나는 지금 제대로 멈추고 있는가.
　　　　　　　회복이 필요하다는 신호를 외면하고 있지는 않은가.
　　　　　　　이 쉼을 다음 걸음을 위한 준비로 받아들이고 있는가.

4

버티는 힘에
대하여

세상을 바꾸기 전에,
마음의 결을 먼저 고른다

망령됨(꾸밈)이 없음이니 크게 형통하고 바름이 이롭다.
바르지 않으면 허물이 따르니,
지금은 나아가는 것이 이롭지 않다.

무망(无妄)은 하늘 아래
우레가 있는 형상이다.
자연스럽게 울리고 때가 되면 멈춘다.

언제 폭우가 쏟아질지 모르니
헛된 생각에 빠지지 말고 대비해야 한다.

거짓 없는 태도는
상황을 흔들지 않는다.
순수하고 진실한 마음,
욕심과 계산 없이 바르게 행하라.

흔들리지 않는 마음,
바른 마음으로
새로운 걸음을 내딛어라.

진실과 자연스러움은 흔들리지 않는 힘이다.

오늘의 사유   나는 지금 진실하게 살고 있는가.

불필요한 계산으로 마음을 흐리고 있지는 않은가.

지금의 선택은 진실한 마음에서 나오고 있는가.

하늘 아래 우레가 가니, 선왕은 이를 본받아
때에 맞춰 성대히 대응하여 만물을 기른다.

하늘 아래 우레가 대지를 깨운다.
봄 우레가 울리면
만물은 저마다의 때에 싹을 틔운다.

자연의 섭리대로,
리더도 계절에 맞춰 일하고,
움직일 때와 가만히 있을 때를
아는 것이 중요하다.

억지로 무언가를 만들지 않고
자연의 리듬을 따르는 것,
그것이 최선의 정치다.

때를 거스르지 않을 때, 일은 스스로 자란다.

오늘의 사유   나는 지금 어떤 흐름 위에 서 있는가.
                    내가 놓치고 있는 신호는 없는가.
                    나는 움직일 때인가, 침묵할 때인가.

크게 기름이니, 바름을 지키는 것이 이롭다.
집에 머물지 말고 큰 내를 건너라.

대축(大畜)은
하늘 위의 산이 우뚝 솟은 형상으로,
큰 것을 쌓아 기르는 괘다.

학문과 기술,
재능과 지식, 도덕 등은
모두 오랜 시간 쌓아 만든 힘이다.

바르게 함이 이롭다고 하였으니
쌓는 데서 멈추지 말고
축적한 것을 올바르게 사용해야 한다.

이제는 집에만 있지 말고
나가서 활동하라.
배운 것을 세상에서 올바르게 쓸 때,
진정한 가치가 생긴다.

쌓아온 것이 세상 속에서 쓰일 때 비로소 힘이 된다.

오늘의 사유   나는 지금 무엇을 쌓고 있는가.
                    쌓은 것을 바르게 쓰고 있는가.
                    세상에 나갈 준비가 되었는가.

하늘이 산속에 있으니, 군자는 이를 본받아
앞선 이들의 말과 삶을 되새겨 자신의 덕을 기른다.

하늘이 산속에 있다.
큰 힘이 밖으로 드러나지 않고,
안에 머무는 형상이다.

지금은 쌓아 올리고,
안으로 단단해지는 시간이 필요하다.
굳셈은 흔들리지 않는 중심에서 나오고,
두터움은 오래 지켜온 태도에서 생긴다.

큰 것이 작은 것에 담기는 역설처럼,
군자는 앞선 시대의 말과 지난 행실을 살피며
그 배움을 자신 안에 쌓아 덕을 기른다.

과거에서 배우는 일은
미래를 서두르지 않고 준비하는
가장 확실한 길이다.

오래 쌓은 배움은 쉽게 흔들리지 않는다.

오늘의 사유　나는 과거에서 무엇을 배우고 있는가.
　　　　　　　　선인의 지혜를 존중하며 살고 있는가.
　　　　　　　　과거를 통해 나의 미래를 보고 있는가.

기름이니, 바르면 길하다.
나를 기르는 방식을 살피고, 스스로 먹을 것을 구한다.

이(頤)는
산 아래 우레가 있는 형상이다.
비가 대지를 적시면,
생명은 자랄 힘을 얻어
자연과 인간을 충분히 기른다.

자연과 인간의 성장을 살펴서
무엇을 먹고 무엇을 받아들이며
스스로 자신의 삶을 책임지고
살아갈 수 있도록 하는 것,
이것이 양육이다.

그렇게 우리는
자기 삶의 양육자가 되어야 한다.

잘 자란다는 것은 내 삶에 무엇을 들이고
무엇을 거둘지 스스로 선택하는 일이다.

오늘의 사유   나는 지금 나 자신을 어떻게 기르고 있는가.
누군가를 대신 살아주고 있지는 않은가.
자신의 삶을 스스로 책임지고 있는가.

산 아래 우레가 있으니,
군자는 이를 본받아 말을 신중히 하고 음식을 절제한다.

입은 두 가지 일을 한다.
먹는 것과 말하는 것.

둘 다 나를 채우지만
둘 다 나를 해칠 수도 있다.

함부로 먹으면 병들고,
함부로 말하면 화를 입는다.

절제와 신중함,
그것이
자기 관리의 핵심이다.

오늘 내가 한 말과 선택한 음식이 내일의 나를 만든다.

오늘의 사유   나는 오늘 말을 어떻게 사용했는가.
나는 내 몸을 존중하는 선택을 했는가.
절제는 나를 옥죄는가, 지켜주는가.

크게 지나침이니 대들보가 휜다.
가는 바가 있으면 이롭고 형통하다.

대과(大過)는
비구름이 가득한데 바람까지 부는 형상으로,
'지나침'을 뜻한다.
적당한 비는 만물을 양육하지만
과도한 태풍은 만물을 침수시키고 썩게 한다.

힘이 지나치거나
욕망이 지나치거나
감정이 지나치면
기둥이 휘듯, 삶도 마음도 휘어진다.

그러나 비정상적인 상황, 위기의 순간에도
과감하게 행동해야 할 때가 있다.

이때는 위험을 무릅쓰고 나아가라.
위기의 상황에는 비상한 결단이 필요하다.

지금은 안전한 선택보다 필요한 선택을 해야 할 때다.

오늘의 사유   나는 지금 어떤 욕망이 있는가.

위기의 순간, 과감한 결단을 내릴 준비가 되었는가.

어려운 상황을 벗어날 용기가 있는가.

못이 나무를 잠기게 하니,
군자는 이를 본받아 홀로 서되 두려워하지 않고,
세상과 거리를 두어도 근심하지 않는다.

대과(澤滅)는 지나침의 시기다.
비바람이 넘쳐나면 나무가 잠기고 썩듯이
넘쳐나는 자연 현상에서
자신을 되돌아보아야 삶이 보인다.

비정상적이고 위태로운 상황,
군자는 이럴 때 홀로 서는 법을 안다.
다수에 휩쓸리지 않고, 원칙을 지키며,
과도한 욕망 속에서도 자기를 통제한다.

넘쳐나는 사건 사고 속에서도 흔들리지 않고,
혼돈 속에서도 평온할 수 있는 것,
그것이 진정한 강함이다.

모두가 흔들릴 때도 나는 나의 기준으로 서 있어야 한다.

오늘의 사유 나는 혼자 서는 선택을 두려워하고 있지는 않은가.
다수의 목소리보다 내 기준을 더 신뢰하고 있는가.
넘침의 시대에서 무엇을 내려놓아야 하는가.

**어려움이 거듭되니 믿음이 있으면 마음이 형통하고,
행동하면 존중을 얻는다.**

감(坎)은
위도 물, 아래도 물의 형상이다.
물이 또 물이니, 험난함이 반복된다.
함정에 빠지고 또 빠진다.

감은 말한다.
반복되는 어려움의 시기지만, 포기하지 말라고.
지금의 어려움이 실패를 뜻하는 것은 아니라고.

물은 낮은 곳을 향해 흐르며,
흐르는 동안 막혀도 스스로 길을 만든다.

반복되는 난관 속에서도
진심과 확신을 가지고
계속 나아가면 존경을 받는다.

어려움 속에서도 포기하지 않는 것,
그것이 진정한 용기다.

넘어졌다는 사실보다 다시 걷고 있다는 사실이 더 중요하다.

오늘의 사유　나는 반복되는 어려움 앞에서 무엇을 배우는가.
　　　　　　　포기하고 싶은 순간은 언제인가.
　　　　　　　지금의 어려움 속에서 믿음을 잃지 않고 있는가.

물이 거듭 오듯, 군자는 이를 본받아 덕을 쌓고,
가르치는 일을 반복해서 익힌다.

물은 끊임없이 흐른다.
막힘을 만나면 돌아가고,
언제나 낮은 곳을 찾아 흐른다.

군자는 이를 본받아
꾸준히 덕을 쌓고,
반복하여 가르친다.

일관성과 끈기,
눈에 띄지 않아도
멈추지 않는 태도,
그것이 리더의 비결이다.

하루의 반복이 보잘것없어 보여도 그 하루가 결국 나를 만든다.

오늘의 사유   나는 일관되게 행동하고 있는가.

눈에 띄지 않아도 멈추지 않고 있는가.

반복이 결국 힘이 된다는 것을 믿고 있는가.

밝음은 곧게 붙들 때 힘이 되고,
유순함을 기를수록 길은 오래간다.

리(離)는
위도 불, 아래도 불의 형상이다.
불이 타오르며
세상을 밝힌다.

불은 스스로 빛나지만
혼자서는 오래가지 못한다.
밝음과 붙잡음에 정성을 다해야 한다.
의존과 결합, 그것이 생명이다.

부드럽고 순한 것을 길러라
공격적이지 않고 온화하며,
중심을 잃지 않으면서도
지속 가능한 방향을 밝히는 것,
그것이 세상의 어둠을 이기는 비법이다.

밝음은 혼자 빛나는 것이 아니라, 이어지고 전해질 때 비로소 힘이 된다.

오늘의 사유　　나는 무엇에 의지해 살아가고 있는가.
　　　　　　　　　지금 내 안에서 꺼지지 않고 있는 빛은 무엇인가.
　　　　　　　　　나는 부드러움으로 나를 지키고 있는가.

밝음이 겹쳐 일어나니,
대인은 이를 본받아 그 빛을 이어 널리 비춘다.

해가 뜨고, 또 뜬다.
빛은 다음 날로 이어지며
밝음을 계승한다.

대인은 이를 본받아
지혜와 덕으로 세상을 밝힌다.

한 세대가 끝나면
다음 세대가 이어받는다.

전통을 잇고,
밝음을 전하는 것,
그것이 문명을 지탱하는 힘이다.

내가 받은 빛을 다음 사람에게 건네는 일, 그것이 책임이다.

오늘의 사유   나는 지금 어떤 빛을 계승하고 있는가.

그 빛을 내 삶에서 어떻게 살리고 있는가.

나는 다음 사람에게 무엇을 남기고 싶은가.

마음이 서로 닿으니 형통하다.
바름을 지킴이 이롭고, 여자를 맞이함이 길하다.

상괘는 연못이고,
하괘는 산이 있는 형상이다.
상괘는 젊은 여자고,
하괘는 젊은 남자다.

연못이 산 위에 있으니
산의 나무와 꽃, 연못 곁의 새와 짐승,
연못과 산의 모든 생명이 서로 감응한다.

함(咸)은 말한다.
만남은 억지로 움직이는 것이 아니라
느끼고, 끌리고, 응답하는 것이라고.

젊은 남녀의 만남처럼
순수하고 진실한 감정,
진정한 만남은 그렇게 시작된다.

마음이 먼저 움직일 때, 관계는 자연스럽게 길을 찾는다.

오늘의 사유   나는 지금 무엇에 마음이 반응하고 있는가.
감응하는 마음을 잃지는 않았는가.
지금 내 마음은 어디를 향해 울리는가.

산 위에 못이 있으니,
군자는 이를 본받아 자신을 비워 사람을 받아들인다.

산 위의 호수는
물을 아래로 흘려보낸다.
높은 곳에 있지만 겸손하다.

군자는 이를 본받아
자신을 비우고 타인을 받아들인다.
마음을 비울 때,
진정한 소통이 시작된다.

비움이 곧 채움이다.

마음을 비울수록 사람은 더 또렷하게 다가온다.

오늘의 사유　나는 마음을 비우고 있는가.
　　　　　　　　타인을 진정으로 받아들이는가.
　　　　　　　　나는 어떤 태도로 인연을 맞이하는가.

오래 지키면 형통하고 허물이 없다.
바름을 지켜 나아갈 바가 있음이 이롭다.

항(恒)은
천둥과 바람이 함께 움직이는 형상이다.
변하지 않고 지속하는 것,
그 꾸준함이 에너지가 된다.

오래 이어가는 마음은
눈에 띄지 않지만,
가장 깊은 변화를 만든다.

한결같음이 결국 가장 큰길을 만든다.
원칙을 끝까지 지키는 것,
변화 속에서도 변하지 않는 것,
그것이 진정한 힘이다.

한결같은 태도는 시간이 지나 증명된다.

오늘의 사유 나는 무엇을 쉽게 포기하지 않는가.
지금도 같은 방향으로 걷고 있는가.
지속이 나에게 가져다주는 힘은 무엇인가.

우레와 바람이 함께하니,
군자는 이를 본받아 기준을 세우되
방향을 바꾸지 않는다.

우레와 바람은
늘 함께한다.
변화는 늘 찾아오지만
흔들리는 변화 속에서도
중심을 지키는 법이 있다.

군자는 자신의 방향을 정하면
흔들리지 않는다.
방향을 정한 길 앞에서
유행에 휩쓸리지 않고,
압력에 굴하지 않으며,
자신의 길을 간다.

마음의 중심이 흔들리지 않으면,
결국 흐름은 자연스럽게 제자리를 찾는다.

방향이 분명하면 속도가 느려도 길을 잃지 않는다.

오늘의 사유 나는 지금 어떤 방향 위에 서 있는가.
외부의 압력에 흔들리고 있지는 않은가.
지키고 싶은 원칙을 끝까지 붙들고 있는가.

5

덜어내고
다시 세우는
시간

세상과 나의 거리를 재는 일,
그 안에서 조화를 찾는다

물러날 줄 알면 형통하다.
작게라도 바름을 지키는 것이 이롭다.

둔(遯)은
맑은 하늘 아래 산이 있는 형상이다.
자연스럽고 무리 없는 일상의 모습이다.

끊임없는 일상이 연속으로 이어지면
번 아웃이 올 수 있다.
세상은 맞서야 할 때도 있고,
잠시 물러서야 할 때도 있다.

둔은 말한다.
분별없이 나아가는 용기보다
때로는 지혜로운 물러섬이 더 큰 용기라고.

숨을 고르고 다시 충전하여
새로운 도전을 준비하라.

물러남은 끝이 아니라 다시 시작하기 위한 자리다.

오늘의 사유　나는 지금 멈춰야 할 때를 알아차리고 있는가.
작은 것이라도 지켜야 할 바름은 무엇인가.
잠시 물러남이 충전의 기회임을 아는가.

하늘 아래 산이 있으니, 군자는 이를 본받아
소인을 멀리하되, 미워하지 않고 엄정하게 선을 지킨다.

하늘은 높고 산은 낮다.
서로의 자리는 다르지만
각자의 자리에서 자신의 할 일을 한다.

군자는 소인을 멀리하되
적대하지 않는다.
증오가 아니라 거리두기,
공격이 아니라 단호함.
그것이 지혜로운 대응이다.

거리를 둘 줄 아는 사람은 관계를 잃지 않는다.

오늘의 사유   나는 지금 누구와 어떤 거리를 두고 있는가.
                   그 선택은 감정인가, 기준인가.
                   나를 지키는 단호함을 실천하고 있는가.

크게 장성함이니, 바름이 이롭다.

대장(大壯)은
하늘에서 우레가 크게 울리는 형상이다.
기운은 위로 치솟고,
힘은 안에서 가득 차서
나아가고자 하는 의지가 강해진다.

힘이 있다고
함부로 쓰면 안 된다.
강성함에는 책임이 따르고,
왕성함에는 기준이 필요하다.

힘은 정의롭고 바른 일을 위해 써야
비로소 사람을 살린다.
힘은 늘 책임과 함께 온다.

진짜 강함은 힘을 다스릴 줄 아는 데서 나온다.

오늘의 사유   나는 지금 어떤 힘을 가졌는가.

그 힘을 올바르게 쓰고 있는가.

힘 앞에서도 나의 기준은 흔들리지 않는가.

우레가 하늘 위에 있으니,
군자는 이를 본받아 예가 아니면 행하지 않는다.

우레가 하늘에서 치니
위력적이고 강력하다.

그러나 군자는 안다
힘이 있어도
예의를 지켜야 한다는 것을.

힘을 다루는 마음이
앞으로의 흐름을 결정한다.
강함은 난폭함이 아니고,
힘은 폭력이 아니다.

절제된 힘만이 사람을 지키고
세상을 앞으로 나아가게 한다.

예를 잃는 순간, 강함은 곧 폭력이 된다.

오늘의 사유　나는 힘을 어떻게 쓰고 있는가.
　　　　　　　강함 앞에서도 예의를 지키고 있는가.
　　　　　　　강함과 폭력을 구분하는가.

나아감이니 강후가 말을 하사받아 번성하고,
낮에 세 번이나 불러 만난다.

진(晉)은
땅 위에 태양이 떠오르는 형상으로,
나아감을 뜻한다.

해가 떠오르면
어둠은 자연스레 물러나고,
세상은 저절로 밝아진다.

해가 떠오르듯 나아가는 때,
승진하고 인정을 받는다.
명예와 보상이 따르고,
사람들과의 만남도 잦아진다.

이럴 때일수록 겸손함을 잃지 않아야 한다.
지금의 영광은 당연한 것도 아니고
혼자만의 힘으로 얻은 것도 아님을
잊지 않아야 한다.

잘 나갈 때일수록 사람을 잃지 않는 것이 중요하다.

오늘의 사유 나는 지금 어떤 성공을 누리고 있는가.
이 성공을 어떻게 지키고 키울 것인가.
함께한 사람들을 충분히 기억하고 있는가.

밝음이 땅 위로 나오니,
군자는 이를 본받아 스스로 밝은 덕을 드러낸다.

해가 지평선 위로 떠올라
어둠을 물리치고
세상을 자연스럽게 밝힌다.

군자는 이를 본받아
자신의 덕을 과시하지 않고
겸손하게 드러낸다.

말로 앞서지 않으며
실력으로, 인격으로,
행동으로 증명한다.

말하지 않아도 드러나는 것, 그것이 진짜 덕이다.

오늘의 사유   나는 내 능력을 자연스럽게 드러내는가.
그 드러남에 겸손이 함께하는가.
진정한 덕을 갖추고 있는가.

밝음이 가려지는 때니,
어렵더라도 바름을 지키는 것이 이롭다.

명이(明夷)는
해가 땅속으로 들어간 형상이다.
빛이 사라진 것이 아니라
밝던 것이 잠시 어두워지는 시기다.

지금의 어둠은 실패가 아니다.
빛이 잠시 가려진 때로,
빛을 보존하기 위한 시간이다.

세상이 어두울수록
빛은 안으로 향해야 한다.
세상이 알아주지 않아도
마음의 중심만 잃지 않으면
빛은 다시 스스로 떠오른다.

지금의 어둠은 빛을 잃은 것이 아니라 지키는 중이다.

오늘의 사유   나는 지금 어떤 어둠의 시간을 지나고 있는가.
드러나지 않아도 지켜야 할 바름은 무엇인가.
지금 내 안에서 가려져 있는 빛은 무엇인가.

밝음이 땅속으로 들어가니,
군자는 이를 본받아 무리를 다스릴 때
어둠을 쓰되 밝음을 잃지 않는다.

해가 땅속에 들어간다.
겉으로는 어둡지만
빛이 사라진 것은 아니다.

군자는 어둠의 시대에
현명함을 잃지 않는다.
조용히 처신하지만 실은 깨어 있고
약한 척하지만 실은 강하다.

조급하지 않게,
무리하지 않게,
때를 기다릴 줄 아는
군자의 걸음은 정확하다.

지금은 빛나기보다 밝음을 지켜야 할 때다.

오늘의 사유   나는 지금 어떤 상황에 놓여 있는가.

불필요하게 드러내고 있지는 않은가.

겉이 아니라 내면의 밝음을 지키고 있는가.

가족이니, 바르게 함이 이롭다.

가정의 화목은
안에서부터 시작된다.
가까운 관계일수록
작은 말과 태도가 더 깊이 스며든다.

배려와 다정함이 쌓일 때
비로소 가정이 편안해진다.
덕이 집안을 지키고,
부드러움이 단단함을 만든다.

작은 공동체부터 바로잡아라.
가정이 바르면,
그 바름이 자연스럽게 세상으로 번진다.

가장 가까운 관계에서의 태도가 삶의 품격을 드러낸다.

오늘의 사유   나는 가장 가까운 사람에게 어떻게 말하고 있는가.

가정 안에서 지키고 싶은 나의 기준은 무엇인가.

지금 내 역할을 책임 있게 감당하고 있는가.

**바람이 불에서 나오니, 군자는 이를 본받아
말에 내용이 있고 행동에 한결같음이 있다.**

불에서 바람이 나온다.
안에서 밖으로.

군자는 말에 실속이 있고,
행동에 일관성이 있다.
말과 행동이 일치하고,
약속을 지키는 것,
이것이 신뢰의 기본이다.

가족을 지키는 것은
사랑만이 아니다.
사랑을 지속하는 힘은
서로를 향하는 따뜻한 마음,
서로를 존중하는 말과 행동의 꾸준함이다.

말이 가벼워지면 관계도 함께 흔들린다.

오늘의 사유　　나는 말한 대로 행동하고 있는가.

나는 신뢰받을 만한 사람인가.

가까운 관계일수록 기준을 낮추고 있지는 않은가.

어긋남이니, 작은 일이 길하다.

규(睽)는
위는 불, 아래는 연못의 형상이다.
서로 다른 성질이 마주하고 있어
의견이 맞지 않고 갈등이 생긴다.

완전한 화합은 어렵다.
하지만 작은 일은 해결할 수 있다.
완벽을 추구하지 말고,
가능한 것부터 하나씩 조율하라.

차이를 없애려 애쓰기보다
다름을 인정하고,
공존하는 법을 배워라.

다름은 부딪힘이 아니라
서로를 새롭게 바라볼 기회다.

모두를 이해하지 못해도, 하나를 인정하면 길이 열린다.

오늘의 사유 나는 차이를 인정하고 있는가.

관계를 회복할 작은 것부터 해결하고 있는가.

다름이 서로를 알아가는 시작임을 알고 있는가.

위는 불이고 아래는 못이니,
군자는 이를 본받아 같으면서도 다르다.

불은 위로 타오르고
물은 아래로 흐른다.
방향은 다르지만
둘 다 자연의 일부다.

군자는
다른 사람과 뜻을 같이하되,
자신의 중심을 잃지 않는다.

다름은 틀림이 아니다.
같음 속의 다름,
다름 속의 같음을 알고,
다름을 이해하려는 작은 시선이
관계를 다시 잇는다.

같이 간다고 해서 같아질 필요는 없다.

오늘의 사유 나는 협력 속에서도 나의 기준을 지키고 있는가.

동의하지 않으면서도 맹목적으로 따르고 있지는 않은가.

조화와 독립성 사이에서 나만의 균형을 찾고 있는가.

어려움이니, 서남쪽이 이롭고 동북쪽은 이롭지 않다.
대인을 만남이 이롭고, 바르면 길하다.

감괘에서 물은 함정, 위험을 상징하고,
간괘에서 산은 멈춤을 상징한다.

건(蹇)은
산 위에 물이 있는 형상으로,
위험과 장애가 앞을 가로막고 있어
앞으로 나아가지 못하고 있다.
이럴 때는 무리하게 나아가지 말고
편안한 곳으로 가서
지혜로운 사람에게 도움을 구하라.

바르게 처신하면
우회 끝에 길이 다시 열린다.

막혔을 때는 밀어붙이는 용기보다 돌아설 줄 아는 지혜가 필요하다.

오늘의 사유 나는 지금 어떤 지점에서 막혀 있는가.

이 어려움을 무리하게 밀어붙이고 있지는 않은가.

도움을 청하는 것을 약함으로 착각하고 있지는 않은가.

산 위에 물이 있으니,
군자는 이를 본받아 몸을 돌이켜 덕을 닦는다.

산 위에 물이 있어
내려오지 못한다.
앞이 막힌 상황이다.

이럴 때 군자는
밖의 상황을 탓하지 않고,
자신을 돌아본다.

마음이 흔들리지 않으면,
길은 사라지지 않는다.
내면을 성찰하고,
덕을 닦으며,
스스로를 다듬는다.

위기는 멈춤이 아니라
성장의 기회다.

길이 막혔을 때는 바깥이 아니라 나를 먼저 살펴야 한다.

오늘의 사유   나는 어려움 앞에서 무엇을 먼저 돌아보는가.

남을 탓하고 있지는 않은가.

이 시간을 성장의 기회로 삼고 있는가.

풀림이니, 서남쪽이 이롭다.
갈 곳이 없으면 돌아옴이 길하고,
나아갈 바가 있으면 서두름이 길하다.

위는 우레, 아래는 물의 형상이다.
천둥번개가 치면서 비가 내리니
자연은 다시 생동감을 찾는다.

해(解)는
매듭이 풀리고 위기가 해소되는 때다.
해방과 자유의 순간,
목적이 없다면 평온으로 돌아가고,
목적이 있다면 빨리 실행하라.

서서히 움직이는 유연함 속에서
길은 자연스럽게 풀린다.

풀린다는 것은 힘을 빼도 괜찮아졌다는 신호다.

오늘의 사유   나는 무엇으로부터 한결 가벼워졌는가.

이 자유를 어떻게 쓰고 싶은가.

지금 내 마음에 묶여 있는 매듭은 무엇인가.

**우레와 비가 일어나니, 군자는 이를 본받아
허물을 용서하고 죄를 너그럽게 한다.**

우레와 비가 와서
자연은 여유가 생긴다.

군자는 이를 본받아
사람들의 잘못을 용서한다.

위기가 지나간 후,
복수가 아니라 화해를,
처벌이 아니라 용서를 택한다.
관용이 새로운 시작을 만든다.

용서는 잊는 일이 아니라 앞으로 나아가기 위한 선택이다.

오늘의 사유 나는 지금 무엇을 붙들고 있는가.

나는 나 자신에게도 너그러울 수 있는가.

나는 용서할 줄 아는가.

6

흔들림을
견디는 법

흔들림 속에서도
중심을 잃지 않는 마음이면
충분하다

덜어냄이니, 믿음이 있으면 크게 길하고 허물이 없다.
바름을 지켜 나아가야 이롭다.

산 아래에 연못이 있는 형상이다.
산 아래의 연못은
사람이 사는 동네,
사람이 경작하는 논과 밭,
그곳을 윤택하게 해주는 역할을 한다.

산에서 나오는 물이 연못에 모이고
연못에서 흐르는 물이 흘러
세상을 윤택하게 한다.

산은 연못에 덜어내고,
연못은 만물에 덜어낸다.
덜어낼수록 더 넉넉해지는 형국이다.

덜어내는 일은 나를 줄이는 것이 아니라 삶을 흐르게 하는 일이다.

오늘의 사유   나는 지금 무엇을 붙잡고 있는가.

지금 내 삶에서 덜어내야 할 것은 무엇인가.

내 삶에서 덜어낼수록 더 살아나는 것은 무엇인가.

산 아래 연못이 있으니, 군자는 이를 본받아
분노를 징계하고 욕심을 막는다.

산은 높고 연못은 낮아
물이 위에서 아래로 흘러
자연스럽게 나누어 준다.

손(損)은 단순히 절제가 아니라
방향이 있는 비움이다.

덜어내는 것은
스스로를 약하게 하는 것이 아니라
힘을 올바른 곳에 쓰기 위함이다.

군자는 자신의 감정과 욕망을
절제하고 다스린다.
화는 억누르고, 욕심은 비운다.

자기 절제가 진정한 힘이다.

절제는 참는 일이 아니라 힘의 방향을 바꾸는 일이다.

오늘의 사유　나는 지금 어떤 감정에 끌려가고 있는가.

꼭 가져야 할 욕심과 내려놓아야 할 욕심은 무엇인가.

나를 지키는 절제는 어떤 모습인가.

**더함이니, 나아갈 바가 있으면 이롭고,
큰 내를 건너도 이롭다.**

익(益)은 위에는 바람,
아래는 우레가 있는 형상이다.

바람이 거세면 우레가 격렬하고,
우레가 격렬하면 바람이 거세다.
서로가 복돋아 익괘가 되었다.

더해서 커지는 때니,
윗사람이 아랫사람을 돕고,
능력자는 약자를 돕는다.

이럴 때는 적극적으로 나아가고,
큰일을 벌여도 좋다.
도움을 받을 때, 그것을 활용하라.
은혜를 잘 쓰는 것도 덕이다.

더함은 혼자 커지는 일이 아니라 함께 멀리 가는 일이다.

오늘의 사유   나는 지금 누구의 도움을 받고 있는가.

그 도움을 잘 활용하고 있는가.

도움에 감사하는 마음을 가지고 있는가.

**바람과 우레가 더하니, 군자는 이를 본받아
선을 보면 옮기고, 허물이 있으면 고친다.**

익(益)은 바람과 우레가 서로를 도와
점점 강해지는 형상이다.

군자는 좋은 것을 보면 배우고,
잘못을 깨달으면 즉시 고친다.

변화를 두려워하지 않고,
성장을 멈추지 않는다.
평생 배우고, 고치며 나아간다.

좋은 것을 보면 배우고, 허물이 있으면 고친다.

오늘의 사유   나는 좋은 것을 알아보고 있는가.
지금도 성장 중인가.
잘못을 인정하고 고치고 있는가.
지금도 성장 중인가.

결단함이니, 왕의 조정에 드러내고,
믿음으로 외치되 위태로움이 있다.

지금은 결단의 시간이다.
잘못된 것을 제거해야 한다.

공개적으로 정의를 선언하되,
무력보다는 명분으로,
폭력이 아니라 정의로,
은밀함이 아니라 공개로,
떳떳하게 나아가야 한다.

군자의 도가 성장하고 우세하지만
더 경계하고 더 대비해야 한다.

힘이 아니라 정의로, 침묵이 아니라 떳떳함으로 나아가야 한다.

오늘의 사유   나는 지금 결단을 미루고 있는가.

나의 선택은 힘이 아니라 정의에서 나왔는가.

그 행동을 드러내도 부끄럽지 않은가.

**못이 하늘로 올라가니, 군자는 이를 본받아
녹을 베풀어 아래에 미치게 하고, 덕에 머무르는 것을 경계한다.**

쾌(夬)는
하늘 위에 먹구름이 가득한 형상으로,
단호함을 상징하지만
성급함은 경계한다.

군자는
가진 것을 나누어야 하고,
덕을 독차지하면 안 된다.

위에 머무르지 않고
아래로 흘려보내
반드시 아래와 나누어야 한다.

덕은 쌓아 두는 것이 아니라 흘려보낼 때 힘이 된다.

오늘의 사유   나는 지금 무엇을 움켜쥐고 있는가.

그것을 아래로 흘려보낼 수 있는가.

나의 결단은 균형을 향하고 있는가.

**만남이 찾아오지만 그 기운이 강하니
쉽게 받아들이지 말아야 한다.**

위는 하늘,
아래는 바람의 형상이다.
하늘 아래 바람이 스치듯 지나간다.

만남은 예고 없이 다가온다.
준비되지 않은 순간,
갑작스레 마음을 흔든다.

매력적일 수 있지만
위험할 수도 있다.
쉽게 끌리지 말고,
잠시 멈추워 신중하게 판단해야 한다.

첫인상에 속지 말고,
본질을 꿰뚫어 보라.
모든 만남이 좋은 것은 아니다.

끌림이 강할수록 한 번 더 살펴야 한다.

오늘의 사유　　나는 요즘 무엇에 쉽게 끌리는가.
　　　　　　　　겉모습에 현혹되고 있지는 않은가.
　　　　　　　　지금 필요한 것은 선택인가, 거리두기인가.

**하늘 아래 바람이 있으니, 임금은 이를 본받아
명령을 베풀어 사방에 고한다.**

바람은 하늘 아래를 두루 지나가고,
말은 사람들 사이로 멀리 전해진다.

뜻을 분명히 하고,
말을 숨기지 말며,
모든 곳에 전달해야 한다.

소통은 리더십의 핵심이다.
명령은 분명해야 하고,
전달은 반드시 닿아야 한다.

말은 분명해야 하고, 뜻은 끝까지 닿아야 한다.

오늘의 사유 나는 명확하게 의사를 전달하고 있는가.

소통에 허점은 없는가.

내 말이 제대로 전달되고 있는가.

사람들이 모이니 형통하다. 왕이 종묘를 세우니,
대인을 만남이 이롭고 형통하다.

췌(萃)는
땅 위에 연못이 있는 형상이다.

자연 만물을 살리는
땅과 물이 모두 있어
식물, 동물, 사람 모두
윤택한 삶을 살 수 있는 환경이다.

목적을 가진 집합, 축제와 제사에
리더를 중심으로 사람들이 뭉칠 때,
큰일을 이룰 수 있다.

함께 모아진 마음은
각자의 힘을 넘어
새로운 흐름을 만든다.

서로 조금씩 내어준 마음은
세상을 밝히는 힘이 된다.

함께 모인 마음은 각자의 힘을 넘어선다.

오늘의 사유   나는 사람들을 모으고 있는가.
이 모임에는 공동의 목표가 있는가.
함께여서 가능한 기쁨은 무엇인가.

**못이 땅 위에 있으니, 군자는 이를 본받아
병기를 정비하고 뜻밖의 일을 경계한다.**

물은 땅에 모여 못을 이루고,
사람도 모여 힘을 이룬다.

그러나 힘이 커질수록
위험도 따른다.

사람이 많아질수록
사고의 가능성도 커지므로,
모임에는 질서가 필요하다.

군자는 이를 미리 대비하고,
불의의 사태를 가볍게 여기지 않는다.

방심은 가장 큰 틈이다.
준비된 자만이 살아남는다.

모이는 힘이 클수록, 준비는 더 필요하다.

오늘의 사유   나는 지금 무엇을 대비하고 있는가.
익숙함에 기대어 방심하고 있지는 않은가.
이 모임을 위해 나는 어떤 역할을 해야 하는가.

올라감이니, 크게 형통하다.
대인을 만나되, 근심하지 말라. 남쪽으로 가면 길하다.

승(升)은 위는 땅,
아래는 바람의 형상이다.

땅 아래 바람이 있다는 것은
땅 아래 빈 공간이 있다는 것.
그 틈에서 씨앗이 자란다.

천천히 그러나 분명하게
흙을 밀고 서서히 올라온다.

나무가 자라듯, 착실하게
큰 사람을 만나 배우고,
걱정하지 말고 나아가라.

밝은 방향으로 가면 길하다.
지금은 성장의 시기다.

성장은 조급함이 아니라 착실함에서 시작된다.

오늘의 사유　나는 지금 어떤 속도로 자라고 있는가.
　　　　　　　나를 위로 끌어올리는 사람은 누구인가.
　　　　　　　내가 향하는 방향은 밝은가.

**땅 가운데서 나무가 자라니, 군자는 이를 본받아
덕을 순히 하여 작은 것을 쌓아 높고 크게 한다.**

나무는 한순간에 자라지 않는다.
매일 조금씩, 꾸준히
눈에 띄지 않게 자란다.

군자도 그렇게 한다.
작은 덕을 하루하루 쌓아,
결국 큰 덕을 이룬다.

급하게 가려 하지 말고,
자연의 속도를 따르라.
성장은 지속의 다른 이름이다.

성장은 한 번의 도약이 아니라 작은 것을 쌓아가는 시간이다.

오늘의 사유　　나는 매일 조금씩 나아지고 있는가.

조급함 대신 지속을 선택하고 있는가.

사람들과의 신뢰는 어떻게 자라고 있는가.

곤궁함이니 형통하고 바르다.
대인이면 길하고 허물이 없다.
말이 있어도 믿지 않는다.

곤(困)은 위는 연못,
아래는 물의 형상으로,
물이 연못 밖으로 모두 빠져나가
연못이 마른 상태다.

궁지에 몰린 상황으로
자원도 없고 도움도 없다.

그러나 포기하지 마라.
바르게 견디면 형통하고,
큰 사람은 이를 극복한다.

말보다 행동으로 증명하라.
지금은 내면을 단련하는 시기,
곤궁은 성장을 준비하는 시간이다.

궁지에 몰렸을 때는 말이 아니라 버티는 태도가 나를 증명한다.

오늘의 사유   나는 지금 어떤 막힘 속에 있는가.

이 시간을 회피하지 않고 견디고 있는가.

말보다 행동으로 나를 증명하고 있는가.

**못에 물이 없으니, 군자는 이를 본받아
목숨을 바쳐 뜻을 이룬다.**

연못인데 물이 없다.
곤궁하고 절망적인 상황이다.

그러나 군자는
이 시간을 핑계 삼지 않는다.
생명을 걸고라도
자신의 뜻을 완수한다.

목숨보다 중요한 것이 있다.
바로 원칙, 신념, 정의다.
곤궁할수록 이것은 더 분명해야 한다.

조건이 사라져도
원칙을 내려놓지 말고
끝까지 지켜야 한다.

모든 것을 잃어도 끝까지 지켜야 할 기준이 있다.

오늘의 사유 나에게 목숨보다 중요한 것은 무엇인가.
나는 신념을 지키고 있는가.
타협하지 말아야 할 선은 무엇인가.

마을이 바뀌어도 우물은 마르지 않는다.
잃음도 없고 얻음도 없다.
오고 가는 사람 모두가 우물을 사용한다.

정(井)은 위는 물,
아래는 바람의 형상이다.
물 아래 바람(공기)이 있으니,
생명을 살리는 물이다.

사람은 언제나
떠나고 돌아오지만
우물은 묵묵히 자리를 지키며
누구에게나 물을 나누어 준다.

우물은 변하지 않는다.
어디에서나 필요하고,
누구에게나 열려 있다.

공공재, 보편적 가치는
국민 누구에게나 공평해야 한다.
국민 누구에게나 제공해야 한다.

누구에게나 필요한 것은 묵묵히 열려 있어야 한다.

오늘의 사유　나는 보편적 가치를 지키고 있는가.
　　　　　　　나의 역할은 누구에게 열려 있는가.
　　　　　　　드러내지 않아도 중요한 가치를 붙들고 있는가.

나무 위에 물이 있으니, 군자는 이를 본받아
백성을 위로하고 서로 돕도록 권한다.

나무(두레박)가
우물에서 물을 길어 올린다.
물은 저절로 오르지 않고
누군가의 수고로 길어 올려진다.

모두를 위한 노동,
공동체를 위한 수고.

군자는 백성을 위로하고,
서로 돕도록 격려한다.

봉사와 협력의 정신,
함께 살아가는 지혜,
이것이 리더의 근본이자 실천이다.

모두를 살리는 일은 누군가의 기꺼운 수고에서 시작된다.

오늘의 사유   나는 지금 어떤 수고를 하고 있는가.
이 수고는 나만을 위한 것인가, 함께를 위한 것인가.
함께 사는 법을 알고, 주변 사람을 위로하고 북돋고 있는가.

변혁은 때가 되면 믿게 되니 크게 형통하고,
바름을 따르면 후회가 없다.

위는 연못,
아래는 불의 형상으로,
큰 가마솥에서 물이 끓는 모습이다.

변혁이란
옛것을 변화시키는 것이다.
낡은 것을 버리고 새것을 받아들이는 것.

처음엔 의심을 받아도
방향이 바르면
시간이 지나 인정을 받는다.

바르게 변화하면 후회가 없고,
때로는 과감한 변화가 필요하다.

바른 방향으로 변화한다면 끝내 후회로 남지 않는다.

오늘의 사유   나는 변화를 받아들이고 있는가.
　　　　　　　낡은 것에 집착하고 있지는 않은가.
　　　　　　　바른 방향으로 변화하고 있는가.

**못 가운데 불이 있으니, 군자는 이를 본받아
역법을 다스리고 때를 밝힌다.**

물과 불이 함께 있으면
변화가 일어난다.
그러나 변화는
저절로 일어나지 않는다.

변화에는 질서가 필요하고,
시간에 대한 이해가 필요하다.

군자는
역법을 만들어 시간을 관리하고,
때를 살펴 변화를 주도한다.

변화는 용기보다
때를 아는 지혜에서 시작된다.

변화를 이끄는 힘은 속도가 아니라 타이밍이다.

오늘의 사유　나는 지금 바꿔야 할 때를 알고 있는가.
　　　　　　　조급함으로 변화를 앞당기고 있지는 않은가.
　　　　　　　내 시간을 잘 관리하고 있는가.

솥이니, 크게 길하고 형통하다.

정(鼎)은 세 발의 솥이
단단히 서 있는 형상이다.

솥은 음식을 요리하는 그릇,
새로운 맛과 형태로 바꾸어 내는 그릇,
변화와 창조의 도구,
변화를 완성하는 기운을 상징한다.

지금은
쌓아온 것을 제대로 끓여낼 때다.

삶의 재료는 어떻게 끓이느냐에 따라 가치가 달라진다.

오늘의 사유 나는 지금 무엇을 만들어 내고 있는가.
나에게 주어진 재료를 제대로 다루고 있는가.
변화시켜 가치를 만들고 있는가.

나무 위에 불이 있으니, 군자는 이를 본받아
지위를 바르게 하고 명을 굳게 한다.

나무(땔감) 위에서 불이 타니
솥을 가열하여 요리한다.
지금은 섞고 고르고
익히는 과정이 필요하다.

군자는
욕심을 앞세우지 않고
자신의 위치를 바로 세워야 한다,
사명을 확고히 하고,
책임을 다하여야 한다.

완성의 때일수록
태도는 더 단정해야 한다.

역할을 아는 사람은 흔들리지 않는다.

오늘의 사유 나는 지금 내 위치를 알고 있는가.
그 자리에 걸맞은 무게를 감당하고 있는가.
내 위치에서 책임을 다하고 있는가.

우레니 형통하다. 우레가 와서 두려워하나,
이내 웃고 말하는 소리가 즐겁다.

진(震)은
우레가 세상을 울리는 형상이다.
우레가 치니, 놀라고 두려워하는 것은 당연하다.

중요한 것은 그 다음이다.
우레가 지나가면 웃으며 이야기한다.

군자는
혼란 속에서도
주변 상황을 신중하게 잘 판단한다.

흔들리지 않고 본분을 지키며,
위기 속에서도 중심을 잃지 않는 것,
그것이 진정한 용기다.

흔들리는 순간에도 내 자리를 지킨다.

오늘의 사유 나는 갑작스러운 충격 앞에서 어떻게 반응하는가.
두려움이 지나간 뒤, 본질을 잃지 않고 있는가.
지금 지켜야 할 나의 중심은 무엇인가.

**우레가 거듭 치니, 군자는 이를 본받아
두려워하고 경계하며 반성한다.**

우레가 위와 아래로 중첩되어
계속해서 친다.

우레가 위아래로 겹쳐 있으니,
위세가 더 강하다.
끊임없는 경고다.

군자는
이를 진지하게 받아들여 관찰하고
자신을 신중하게 돌아보며 성찰한다.

하늘의 경고를 무시하지 말고,
하늘의 뜻을 두려워하라.
겸손하게 배워라.

반복되는 경고 앞에서 나를 먼저 돌아보고 겸손해져야 한다.

오늘의 사유   나는 경고를 진지하게 받아들이고 있는가.
익숙함 속에서 자만하고 있지는 않은가.
요즘 나를 돌아보는 시간을 갖고 있는가.

그 등을 그치게 하니, 그 몸을 얻지 못한다.
그 뜰을 가되 그 사람을 보지 못한다. 허물이 없다.

간(艮)은
위도 산, 아래도 산의 형상이다.
첩첩산중이니 멈출 수밖에 없다.

멈추고 그치는 것,
억지로 멈추는 것이 아니라
자연스럽게 그친다.

등을 보니 욕심이 일지 않고,
뜰을 가도 사람을 보지 못하니
감정이 일어나지 않는다.

멈춰야 보이는 것이 있고
고요해야 들리는 소리가 있다.

지금의 고요는 흐름을 준비하고,
지금의 멈춤은 후퇴가 아니라
새로운 시작의 기반이다.

지금의 고요는 다음 걸음을 준비하는 자리다.

오늘의 사유   지금 내 삶에서 멈춰야 할 곳은 어디인가.

놓아도 되는 집착을 붙들고 있지는 않은가.

고요 속에서 내 마음의 소리를 듣고 있는가.

산이 겹쳐 있으니, 군자는 이를 본받아
생각이 그 지위를 벗어나지 않게 한다.

산 위에 산이 있어
더 이상 나아갈 수 없다.

군자는
자신의 본분을 지키고,
넘지 말아야 할 선을 넘지 않는다.

분수를 알고,
경계를 존중하며,
자리를 지키는 것.

멈춤을 아는 자가
움직임도 깊게 안다.

자기 자리를 아는 사람은 생각을 앞세우지 않는다.

오늘의 사유   나는 지금 어떤 자리를 지키고 있는가.
넘지 말아야 할 선을 스스로 알고 있는가.
욕심보다 본분을 먼저 살피고 있는가.

7

다시
시작하는
마음

끝은 완성이 아니라,
다음 문을 여는 신호다

점차 나아감이니 순서에 맞게 자리 잡으면 길하고,
바름을 지키면 이롭다.

위는 바람(나무),
아래는 산의 형상이다.

조금씩 나아가는 것,
산 위에 바람이 불고,
산 위에 나무가 자라듯
한 걸음씩 순서와 절차를 밟는다.

성장은 빠름이 아니라
차분하고 질서 있게
서서히 쌓여가는 것이다.

빠르지 않아도 괜찮다. 흔들리지 않고 자리를 잡는 것이 중요하다.

오늘의 사유　나는 지금 너무 앞서가려 하고 있지는 않은가.
　　　　　　　이 과정에 필요한 순서와 절차를 존중하고 있는가.
　　　　　　　속도보다 꾸준히 지켜야 할 것은 무엇인가.

**산 위에 나무가 있으니, 군자는 이를 본받아
어진 덕에 머물러 풍속을 선하게 한다.**

나무는
산 위에서 천천히 자란다.
서두르지 않고 뿌리를 내린다.

군자는 덕을 쌓아
사회의 풍속을 바꾼다.
급진적 혁명이 아니라
점진적 개선이다.

문화를 바꾸는 것은 시간이 걸린다.
점진은 약함이 아니라
가장 단단한 축적이다.

빠른 변화보다 오래 남는 태도가 세상을 만든다.

오늘의 사유　나는 좋은 문화를 만들고 있는가.
　　　　　　　　빠른 성과보다 오래갈 가치를 쌓고 있는가.
　　　　　　　　내 태도는 주변에 어떤 영향을 남기고 있는가.

서둘러 나아가면 흉하고 이로울 것이 없다.

잘못된 사랑,
순서가 틀린 관계처럼
감정에 이끌려 섣불리 행동하면
결과가 좋지 않다.

열정만으로는 부족하다.
신중하게 판단하고,
천천히 따져보며,
때를 기다려야 한다.

지금은 '붙잡는 용기'보다 '미루는 지혜'가 필요한 때다.

오늘의 사유   나는 감정에 밀려 결정을 앞당기고 있지는 않은가.
지금 내게 필요한 건 전진인가, 한 번 더 확인인가.
이 만남(**변화**)은 나를 단단하게 하는가, 흔드는가.

못 위에 우레가 있으니, 군자는 이를 본받아
끝까지 내다보고 그 폐단을 안다.

우레가 못 위에서 친다.
일시적 흥분, 충동과 같다.

군자는
시작의 감정에 머무르지 않는다.
이 관계가 어떻게 끝날지,
이 일이 어떤 결과를 낳을지,
그 끝을 생각한다.

지금은 미래를 내다보는 지혜가 필요하다.
때가 오면 바라는 일이 반드시 이루어진다.

시작보다 중요한 것은, 끝까지 감당할 수 있는가다.

오늘의 사유   나는 지금 결과까지 생각하며 선택하고 있는가.

이 결정은 시간이 지나도 유지될 수 있는가.

기다림이 필요한 자리에서 서두르고 있지는 않은가.

풍성함이니 형통하다. 왕이 이에 이르니,
근심하지 않으려면 마땅히 해가 중천에 뜬 듯이 해야 한다.

위는 우레,
아래는 불의 형상이다.

비가 지나간 후 태양이 뜨고 있다.
최고의 전성기,
한낮의 태양,
모든 것이 풍성하고 밝다.

지금의 풍요는
우연이 온 것이 아니다.
그동안 쌓아온 시간과 노력의 결실이다.

그러므로
풍요로운 순간에도 잊지 말아야 한다.
충만함은 마음이 넓을 때
가장 아름답게 유지된다.

풍요는 겸손 위에서 오래간다.

오늘의 사유　나는 지금 어떤 풍요의 한가운데에 있는가.

지금 이 순간이 계속될 것이라 당연하게 여기고 있지는 않은가.

지금의 충만함을 어떤 태도로 지켜내고 싶은가.

**우레와 번개가 함께 이르니, 군자는 이를 본받아
소송을 판결하고 형벌을 시행한다.**

우레와 번개가 동시에 오니
번개의 밝은 빛과 우레의 진동이 함께한다.

밝은 빛과 진동이 서로 화합하여
풍요의 모습을 이룬다.

이처럼 분명한 때에는
머뭇거림이 오히려 혼란을 만든다.

군자는
이때 판결을 내리고
정의를 실현한다.

분명할 때는 망설이지 마라.
우레와 번개처럼 옳고 그름이 명확할 때는
단호하게 행동하라.

옳고 그름이 분명할 때는 미루지 말고 판단해야 한다.

오늘의 사유　나는 기준이 분명할 때도 결단을 미루고 있지는 않은가.
　　　　　　　풍요 속에서 책임을 가볍게 여기고 있지는 않은가.
　　　　　　　지금 내가 바로 세워야 할 기준은 무엇인가.

나그네니 작게 형통하다.
나그네가 바르면 길하다.

위는 불,
아래는 산의 형상이다.

산에 불이 있으면
언제 어디로 번질지 모른다.
또 산에 태양이 있으면
여행자, 이방인처럼
정착하지 못하고 꾸준히 움직인다.

지금은
오래 머무는 시기가 아니다.
잠시 지나가는 자리이고
나그네의 길이다.

겸손하고, 조심스럽게,
자신의 처지를 알고 분수를 지킬 때
이 길은 무사히 지나간다.

머물 자리가 아닐 때는 겸손이 가장 안전하다.

오늘의 사유   나는 지금 어디에 잠시 머물러 있는가.
이 자리에 어울리는 태도를 지니고 있는가.
지나가는 길에서도 겸손을 잃지 않는가.

산 위에 불이 있으니, 군자는 이를 본받아
밝고 신중하게 판단하되, 일을 오래 끌지 않는다.

산 위의 불은
오래 머물지 않고
빨리 지나간다.

군자는 이를 본받아
신중하게 살피되,
결단을 미루지 않는다.

명확하고 빠르게,
결단력과 신중함으로
깔끔하게 정리한다.

신중하되 미루지 않는 태도가 길을 안전하게 만든다.

오늘의 사유　나는 지금 결정을 불필요하게 미루고 있지는 않은가.
　　　　　　　충분히 살핀 뒤, 제때 정리하고 있는가.
　　　　　　　지나가는 일을 불필요하게 끌고 있지는 않은가.

겸손함이니 작게 형통하다.
나아갈 곳이 있으면 이롭고, 대인을 만나는 것이 이롭다.

손(巽)은
위아래로 바람이 있는 형상으로,
바람처럼 부드럽고 겸손하여
어디든 자연스럽게 스며든다.

바람은 모양은 없지만
어떤 자리에도 존재하고,
강함보다 유연함으로 부드러운 힘을 발휘한다.

군자는 이를 본받아
앞서 나서기보다 귀 기울이고,
밀어붙이기보다 배우며 나아간다.

지혜로운 이에게 배우며.
부드러움의 힘을 믿어라.

부드러움은 스며들어 오래 남는 힘이다.

오늘의 사유   나는 지금 어떤 방식으로 다가가고 있는가.
강함 대신 유연함이 필요한 순간은 언제인가.
겸손함으로 영향을 미치고 있는가.

**바람이 따르니, 군자는 이를 본받아
명령을 거듭 내려 일을 행한다.**

바람은 계속 불어온다.
한 번이 아니라 여러 번 반복하며,
끈기 있게.

계속 따르고
거듭하는 것은
위와 아래가 서로 화합하는 것이다.

군자는
명령을 반복해서 전달하고,
오해가 없는지 확인하여
끝까지 실행한다.

한 번으로는 부족하다.
반복과 확인,
이것이 소통의 기본이다.

한 번 말하는 것보다 끝까지 이어 가는 태도가 중요하다

오늘의 사유   나는 중요한 말을 충분히 반복해서 전하고 있는가.
자세히 설명하며 스며들게 하고 있는가.
말로 끝내지 않고 실행하고 있는가.

기쁨이니 형통하다. 바름을 지키면 이롭다.

태(兌)는
위도 연못, 아래도 연못인 형상으로,
물결은 잔잔하며 서로를 비춘다.

사람과 사람 사이도 비슷하다.
기쁨과 즐거움으로
마음이 열리고 말이 부드러워진다.

그러나 기쁨에는 기준이 있어야 한다.
방종이 아니라 절제된 즐거움,
해로운 쾌락이 아니라 건전한 기쁨.

기쁨 속에서도
중심을 놓치지 않아야 한다.
즐기되 선을 넘지 말고,
바른 기쁨이어야 삶을 밝게 한다.

기쁨에도 지켜야 할 기준이 있다.

오늘의 사유   나는 어떤 방식으로 기쁨을 누리고 있는가.

내 안의 기쁨은 어디에서 오는가.

기쁨 속에서도 절제하는가.

**못이 이어져 있으니, 군자는 이를 본받아
벗과 더불어 배우고 익힌다.**

못과 못이 연결되어
물을 나눈다.
물이 서로 교류하듯
서로 돕고 성장하는 모습이다.

군자는
혼자 깨닫기보다
친구와 함께 공부하며,
서로 가르치고 배운다.

배움은 즐거울수록 오래가고,
우정은 배움 속에서 단단해진다.

기쁨이 함께 자라며,
서로를 성장시킨다.

좋은 관계는 서로를 자라게 한다.

오늘의 사유　나는 지금 누구와 함께 배우고 있는가.

배움을 즐기고 있는가.

서로 가르치고 배우는 관계를 맺고 있는가.

흩어짐이니 형통하다. 왕이 사당에 이르니,
큰 내를 건넘이 이롭고, 바름을 지키면 길하다.

위는 바람,
아래는 물의 형상이다.

바람이 물 위를 지나며
막힌 것을 흩어지게 하고,
분산된 것을 모은다.

군자는 위기의 순간,
중심을 세우고,
제사로 사람들을 한곳에 모은다.

흩어짐은 잃음이 아니고,
멈추었던 것을 다시 흐르게 하는 과정이다.

붙잡고 있던 것을 놓아야
새로운 기운이 들어온다.

흩어짐은 다시 흐르기 위한 시작이다.

오늘의 사유　나는 무엇으로 사람들을 모으는가.
내 마음에서 흩어져야 할 것은 무엇인가?
내 마음의 중심을 세우는 가치가 있는가.

바람이 물 위를 가니, 선왕은 이를 본받아
상제께 제사하고 사당을 세운다.

바람이 물 위를 지나며
물결을 일으킨다.

흩어지려는 것을
다시 모으는 힘이다.

선왕은 종교와 의례로
사회를 통합한다.
이때 공동의 믿음과 의식이
사람들을 하나로 묶는 중심이 된다.

사람을 모으는 힘은 공동의 믿음에서 나온다

오늘의 사유   나는 무엇을 믿는가.

공동체를 하나로 만드는 것은 무엇인가.

의식과 전통을 존중하는가.

절제니 형통하다.
그러나 괴로운 절제는 바를 수 없다.

절(節)은 위는 물,
아래는 연못의 형상이다.
물이 연못에 가두어 있으니
경계를 넘지 않는다.

절제와 조절,
적당한 규칙과 한계,
너무 느슨하면 무너지고,
너무 엄격하면 괴롭다.

적절한 균형을 찾는 것이 중요하다.
지속 가능한 균형,
그것이 중용의 지혜다.

지속할 수 있는 만큼의 규칙이 삶을 더 단단하게 만든다.

오늘의 사유   나에게 너무 엄격하거나 느슨하지는 않은가.

지금의 규칙은 나를 지키고 있는가, 힘들게 하고 있는가.

내 삶에서 다시 조절해야 할 것은 무엇인가.

못 위에 물이 있으니, 군자는 이를 본받아
수와 법도를 제정하고 덕행을 의논한다.

못은
물을 가두기 위해 있는 것이 아니라
넘치지 않게 하기 위해 있다.

연못에 물이 지나치게 많으면
연못 스스로를 해친다.
적절한 용량,
적절한 한계를 두어야 한다.

군자는 규칙을 만들고,
행동의 기준을 정한다.

절제는 자유를 위한 전제다.
규칙이 있어야 자유롭다.

규칙은 자유를 막기 위해서가 아니라 지키기 위해 필요하다.

오늘의 사유　나를 지켜주는 나만의 기준을 가지고 있는가.

　　　　　　　이 규칙은 나를 옥죄는가, 보호하는가.

　　　　　　　자유와 절제 사이에서 지금 조절해야 할 것은 무엇인가.

마음의 믿음이니 돼지와 물고기도 길하다.
큰 내를 건넘이 이롭고, 바름을 지키면 길하다.

진실한 믿음은
모든 것을 감동시킨다.
가장 어리석다는 돼지와 물고기조차
진심 앞에서는 움직인다.

진정성이 있으면
어떠한 어려운 일도 해낼 수 있다.
거짓 없는 마음,
그것이 가장 큰 힘이다.

진정성은 설명하지 않아도 전해지고,
진심은 어려운 길을 건너게 한다.

결국 사람을 움직이는 힘은
기술이 아니라 마음이다.

거짓 없는 마음이 가장 멀리 간다.

오늘의 사유   나는 지금 진심으로 말하고 있는가.

이 선택에는 계산보다 마음이 앞서 있는가.

끝까지 지키고 싶은 나의 진심은 무엇인가.

**연못 위에 바람이 있으니, 군자는 이를 본받아
송사를 의논하고 사형을 유예한다.**

바람이
물 위를 부드럽게 스친다.

군자는 형벌을 내릴 때도
관용과 자비의 마음으로
신중하게 임한다.

특히 생명을 다루는 일은
최대한 조심스럽게,
한 번 더 멈추고,
한 번 더 살펴야 한다.

용서할 수 있다면
용서하라.
관용은 약함이 아니라
책임의 다른 이름이다.

자비는 가장 깊은 책임이다.

오늘의 사유 나는 판단을 너무 쉽게 내리고 있지는 않은가.
엄격함 속에 자비의 여지를 남기고 있는가.
지금 내 선택은 생명을 존중하는가.

작게 지나침이니 형통하고, 바름을 지키면 이롭다.

조금 지나치지만
큰 문제는 아니다.

지금은 몸을 낮추고
작은 일부터 다스려야 한다.

작은 일은 할 수 있지만
큰 일은 삼가라.

높이 날려 하지 말고 겸손하게,
낮은 곳으로 가는 선택이
지금을 안전하게 만든다.

작은 일의 철저함이
가장 큰 지혜다.

작은 일을 끝까지 해내는 태도가 나를 지켜준다.

오늘의 사유　나는 지금 내 분수를 정확히 알고 있는가.
　　　　　　　욕심 때문에 무리하게 큰일을 벌이고 있지는 않은가.
　　　　　　　겸손하게 행동하고 있는가.

산 위에 우레가 있으니, 군자는 이를 본받아
행동은 공손함에 조금 더 기울이고, 슬픔은 충분히 애도하며,
씀씀이는 검소함 쪽으로 넘긴다.

우레가
산 위에서 진동하니 크게 울린다.

세상의 일은
때로는 과도하게,
때로는 지나치지 않아야 한다.

너무 공손하고, 너무 슬퍼하며, 너무 검소한 것.
이러한 과도함은 과하다.

그러나 모든 과함이 나쁜 것은 아니다.
조금 과한 듯하지만 좋은 방향으로 과함은
오히려 사람을 지킨다.

군자는 이익보다 예의로,
형식보다 진심으로,
풍요보다 절제로
조금 더 기운다.

좋은 방향의 과함은 삶을 흐트러뜨리지 않는다.

오늘의 사유   나는 좋은 방향으로 과한가.

예의와 진심에서 넘치는가.

줄여야 할 과함과, 지켜야 할 과함은 무엇인가.

이미 이루었으니 형통하다.
작게 바름이 이롭다. 처음은 길하나 끝은 어지럽다.

모든 일이 제자리에 놓였다.
완성의 순간이다.

모든 일을 성취했을 때도
아직 형통하지 않은
작은 일이 있을 수 있다.

그러니 방심하지 마라.
완성은 또 다른 시작이고,
절정 후에는 쇠퇴가 온다.

처음의 좋음이
끝까지 가지 않으니
끊임없이 노력해야 한다.

완성의 순간이 가장 조심해야 할 때다.

오늘의 사유　　나는 성공 후 방심하고 있지는 않은가.

완성이 끝이 아님을 알고 있는가.

처음 가졌던 태도를 아직 유지하고 있는가.

**물이 불 위에 있으니, 군자는 이를 본받아
환난을 생각하여 미리 대비한다.**

물과 불이 조화를 이룬다.
완벽한 균형.
하지만 이 균형은
조금만 흐트러지면 무너진다.

군자는 이를 본받아
잘될 때 위기를 대비한다.
평화로울 때 전쟁을 대비하고,
건강할 때 병을 예방한다.

위기는 갑자기 오는 것이 아니라
대비가 멈출 때 시작된다.

위기를 미리 생각하는 태도가 완성을 지켜낸다.

오늘의 사유   나는 지금의 안정을 당연하게 여기고 있지는 않은가.

잘될 때를 대비의 시간으로 쓰고 있는가.

미래의 균열을 미리 살피고 있는가.

아직 이루지 못함이니 형통하다.
작은 여우가 거의 건너가 그 꼬리를 적시니 이로운 바가 없다.

위는 불,
아래는 물의 형상이다.

물은 위로 올라가려 하고
불은 아래로 내려가려 한다.
기운이 서로 어긋난다.

거의 다 왔지만
아직 완성되지 않았다.
마지막까지 조심해야 한다.

끝이 보여도 방심하지 마라.
99% 완성도 완성이 아니다.

끝까지 집중하라.
완성을 위한 준비의 시간이다.

마지막 한 걸음에서 방심하면 처음의 수고가 흐려진다.

오늘의 사유   끝이 보일 때 태도가 느슨해지는 않는가.

거의 다 왔다고 방심하고 있지는 않은가.

지금 내게 필요한 것은 속도인가, 집중인가.

불이 물 위에 있으니, 군자는 이를 본받아
신중하게 사물을 분별하고 제 위치에 거한다.

불이 물 위에 있으니
아직 조화를 이루지 못했다.
기운이 어긋나
제자리를 찾는 중이다.

군자는
신중하게 구분하고,
각자의 위치를 바로잡는다.

질서를 세우는 일,
합당한 바를 분별하는 일,
그것은 끝없는 과제다.

미제는 미완이 아니라
끊임없이 조율하는 삶의 방식이다.
완성은 없다.
계속 노력해야 한다.

완성은 멈춤이 아니라 계속 맞춰 가는 일이다.

오늘의 사유   나는 끊임없이 개선하고 있는가.
                  완성되었다고 착각하지는 않는가.
                  여전히 배우고 성장하고 있는가.

고전 필사노트 01

주역 필사

초판 1쇄 발행 2026년 3월 5일

지은이 김동완
펴낸이 윤현숙

디자인 구민재page9
마케팅 G점토, 이혜영

펴낸곳 양양하다
출판등록 2024년 12월 26일 제2024-000255호
주소 경기도 고양시 일산동구 중산로 70
전화 070-8098-7190
팩스 02-2137-0954
이메일 yyhdbooks@gmail.com
인스타그램 @yyhdbooks

ISBN 979-11-992195-4-0 (04800)